灼眼のシャナ XVIII

高橋弥七郎
イラスト／いとうのいぢ

Design・Yoshihiko Kamabe

［仮装舞踏会《バル・マスケ》］『三柱臣《トリニティ》』の参謀
“逆理《ぎゃくり》の裁者《さいしゃ》”

ベルペオル

「責めているのではないよ？　特段、口止めした覚えもなし……」

「もう、見失いはしません」

［仮装舞踏会］『三柱臣』の巫女《みこ》
“頂《いただき》の座《くら》”

ヘカテー

［仮装舞踏会］『三柱臣』の将軍《しょうぐん》

“千変《せんぺん》”

シュドナイ

「戦いが、俺たちを待っている」

“天壌の劫火《てんじょうごうか》”アラストールのフレイムヘイズ
『炎髪灼眼の討ち手《えんぱつしゃくがんうて》』

シャナ

「悠二、大丈夫よね？」

宝具『零時迷子《れいじまいご》』を宿すミステス
坂井悠二《さかいゆうじ》
「僕らが頑張って、未来を守る」
「シャナちゃんも、好きだ、って言うの?」
悠二を慕う少女
吉田一美《よしだかずみ》
「おかえりなさい、悠ちゃん」
悠二の母
坂井千草《ちぐさ》

クラスメイト
緒《お》方《がた》真《ま》竹《たけ》
「もう、また落ち込んでる。ほら、元気出しなさいよ！」
「今の俺にもできることを、教えてください！」
クラスメイト
佐《さ》藤《とう》啓《けい》作《さく》
「変わってたの……僕だけじゃ、なかったのかな」
クラスメイト
池《いけ》 速《はや》人《と》
「俺らしくない、か。分かってるんだけど、な」
クラスメイト
田《た》中《なか》栄《えい》太《た》

「悠二――!!」

「——『星《アステル》』よ」

?
「一美、子供の作り方を教えて」

ゴッ。
「シャ、シャ、シャナちゃん!?」

灼眼のシャナXIII

プロローグ

世の空を、人知れず巨大な要塞《ようさい》が彷徨《さまよ》っている。

泡《あわ》のような異界《いかい》『秘匿の聖室《クリュプタ》』によって外の世界から隔離《かくり》・隠蔽《いんぺい》され、また自在《じざい》に動き回ることもできる宝具《ほうぐ》——この世で最大級の〝紅世の徒《ぐぜのともがら》〟の集団［仮装舞踏会《バル・マスケ》］が、その本拠地《ほんきょち》と定める移動要塞『星黎殿《せいれいでん》』である。

その広大な城郭《じょうかく》の奥深くで、どんな意図をもって据《す》えられたのかも知れないパイプとメーターと電球が、それぞれの特性でもって大いに暴れ回っていた。常の状態ではないことは、各部が内包した異常な圧力に弾《はじ》け、歯車が過剰《かじょう》な回転に吹っ飛び、蒸気煙が濛々《もうもう》と噴出《ふんしゅつ》していることからも明らかである。

バチンッ、
と、これら混沌《こんとん》の奥で、火花が散るのにも似た音が轟《とどろ》いた。音に連れて、銀色の光でできた奇怪《きかい》な文字列、自在式《しき》が無数、宙に散り、消える。

「——ツンノオオオオオオオオオオオオオオオ——!?」

文字列の散った根元から、むやみに素《す》っ頓狂《とんきょう》な絶叫《ぜっきょう》が上がる。

声の主は言うまでもない、[仮装舞踏会《バル・マスケ》]の客分として、とあるものに関する研究と解析《かいせき》を行っている『教授』こと〝探耽求究《たんたんきゅうきゅう》〟ダンタリオンである。

「機《き》ぃー関《かん》変調によるシィーステムダウンッ⁉　のせいで完成間近《まぢか》のバアーナナの皮——もとおーい！　解析中の式が二層丸《まる》ごと吹ぅーっ飛んだじゃありませんかぁー⁉」

だらんと長い上っ張りを着たひょろ長い体軀《たいく》が、出来の悪い振り子のようにガックンガックン前後に折れては伸び上がりして、文字通りの動揺《どうよう》を見せている。細い首にかけた様々な器物《きぶつ》が揺れでかき回され、こんがらがっていた。その前後する口が、

「ドォーミノォー‼」

と自身の助手を務める〝燐子《りんね》〟を呼ぶ。

蒸気の靄《もや》、ぐるぐる回転する針、激しい明滅《めいめつ》に埋もれる奥の奥から、

「はあーい、教授！」

と返答があった。

ガラクタと蒸気を下から突き破って、膨《ふく》れた発条《バネ》に歯車の両目をつけ、頂《いただき》にネジ巻きをつけた顔らしきものが、ピョッコリと飛び出す。教授が独自の力で作り上げた特殊な〝燐子《りんね》〟、『我《が》学《がく》の結晶エクセレント28―カンターテ・ドミノ』ことドミノである。

教授は、分厚《ぶあつ》い眼鏡《めがね》越しの視線を猛然《もうぜん》とそちらに振り向けた。

「こぉーの機関変調は、いぃーったいなぁーにごとですかぁー!?」

「今確かめますんでございますです!」

頭だけの彼(?)の横に、古臭いメーターと電球を束ねた、パネルらしきものが競り上がった。その表示《ひょうじ》を見た歯車が、激しく回転して仰天《ぎょうてん》の様《さま》を見せた。

「きよっ、きよきよ! きよきよ教授っひはは《いたた》!?」

「なぁーにを慌《あわ》てているのですかぁ!?」

教授はマジックハンドに変えた手を長く伸ばして、助手の頬《ほお》をつねり上げる。

「冷静ぇーに! 在ぁーるがままの現実を報告ーっするのです! 観察研究実験《じっけん》発明は、全てそこから一歩二歩三歩四歩と踏み出し走って転げて起きてぇ——!!」

「機関大底部《だいていぶ》に繋《つな》いであった『暴君《ぼうくん》』が過剰《かじょう》に活性化して、全《ぜん》回路内《ない》に力の逆流を引き起こしているんへひはひひはひ《でぃたぃいたぃ》」

言われたとおり、冷静に在るがままの現実を報告した助手の頬を、またマジックハンドがつねり上げていた。

「人の話を邪《じゃ》あー魔《ま》してはいぃーっけません、とあれほ、ど……」

言う間に、報告の内容が意味するところを理解する。

「……『暴《ぼう》、君《くん》』?」

ごくごく最近になって研究の対象に返り咲いたもの——今《いま》現在、彼が滞在している組織にとって最重要のもの――

「……ッドォーミノォー!? なぁーにをグゥーズグズしていぃーるんです！」

教授は尻に火がついたような勢いで飛び上がり叫んだ。

「ただちに銀沙回廊《ぎんさかいろう》を起動ぉーっ！ 天井を機関大底部《だいていぶ》『暴君《ぼうくん》』格納庫《かくのうこ》にぃー！ 前方壁面《へきめん》を『祀竈閣《しそうかく》』に融《ゆう》ぅー合《ごう》！ 急ぐんでぇーすよぉー！」

「はいでございますです！」

首の傍《かたわ》らから、パイプにコードを絡めた腕がニョッキリと生《は》え、傍らのスイッチを複雑な手順で、しかし澱《よど》みない動作で押す。

途端《とたん》、シュゴーッ、となにかが新たに噴出《ふんしゅつ》する音が遠く響《ひび》き、ほどなく目に快《こころよ》い、銀色の煙と見える光点群が室内に漂い始めた。『星黎殿《せいれいでん》』内部の空間を組み替え、離れた場所と場所を繋《つな》ぎ合わせる移動簡略化装置《かんりやくか》『銀沙回廊《ぎんさかいろう》』が作動を始めたのである。

銀色の煙は一定の密度《みつど》を持つと、教授の前方に位置する壁際《かべぎわ》で渦《うず》を巻き、すぐまた渦の中空《ちゅうくう》を広げる。その中空の向こうには、壁に銀の縁取《ふちど》りで穴を開けたかのように大きく、別の空間が繋がっていた。

殺風景《さっぷうけい》な、広いドーム型の部屋である。擂鉢状《すりばちじょう》、同心円を描いて降りる階段の底に、上向きの口を開けて灰を満たす巨大な竈《かまど》『ゲーヒンノム』を据《す》えた『星黎殿《せいれいでん》』の司令室――通称《つうしょう》『祀《し》竈閣《そうかく》』だった。

階段の中ほど、竈を挟んで立っていた二人が、空間の繋がったことに気付き、振り返る。

「た、〝探耽求究《たんたんきゆうきゆう》〟様!?」

その一人——背に蝙蝠《こうもり》の翼《つばさ》、細長く伸びる尻尾《しつぽ》、鋭い両手の爪、尖《とが》った耳に二本の角、分《ぶ》厚《あつ》く長い鞘《さや》に収まった湾曲刀《わんきよくとう》を備えた、風采《ふうさい》の上がらない中年男——は大いに驚き、

「なにかあったようだね、教授」

もう一人——灰色のタイトなドレスに装飾品《そうしよくひん》をいくつも提《さ》げ、右目に眼帯《がんたい》をつけた三眼《さんがん》の美女——は待ち構えていたように、教授とドミノ、部屋ごとの到来《とうらい》に声をかける。

「ぐぐぐ軍師《ぐんし》様、らら〝嵐蹄《らんてい》〟様! たたた大変、大変なんでございまふ《すぃ》ひははは《たたたた》!?」

「慌《あわ》ててはいぃーけないと、たった今言ったばぁーかりでしょう、ドォーミノォー?」

二人が騒ぐ間に、繋がった部屋と部屋、合わさった天井と天井に、新たな渦が広がっていた。

さらなる空間結合《けつごう》が果たされ、一つの奇怪《きかい》複雑な機構《きこう》が現れる。

それを見て、

「ん、なっ!?」

悪魔《あくま》の特徴を持つ貧相《ひんそう》な中年男、〝嵐蹄《らんてい》〟フェコルーは、驚愕《きようがく》に大声を上げた。

反対に、三眼眼帯の美女、参謀《さんぼう》〝逆理《ぎやくり》の裁者《さいしや》〟ベルペオルは、静かに情景《じようけい》の意味を探る。

「右腕が……?」

彼らの頭上に現れたものは、磔刑《たつけい》に処された罪人のような姿で天井に架《か》けられた、西洋鎧《よろい》だ

った。汚れて歪《ゆが》んだ板金《ばんきん》の全身には、周囲の天井から細いコードや太い管が伸び、無数の札が貼《は》り付けられている。

その不気味《ぶきみ》な物体は、異常《いじょう》事態を示すかのように、内側から銀色の光を不規則に明滅《めいめつ》させ、本来ならば在るべきはずの右腕を欠損《けっそん》させている。

見上げるフェコルーは、懐《ふところ》からきれいに畳《たた》まれたハンカチを取り出して、微妙《びみょう》に広い額《ひたい》に滲《にじ》む汗を拭《ぬぐ》った。

「つ、通常の鏡像転移《きょうぞうてんい》で、『暴君《ぼうくん》』本体が影響《えいきょう》を受けることは在り得ないはず……仮装《かそう》意思総《そう》体《たい》の方に何らかの異常でも？　こちらの『吟詠炉《コンロクイム》』に居留《いりゅう》反応は？」

ドミノが、ガラクタの間からガスタンクのような体を引き出しつつ答え、

「『吟詠炉《コンロクイム》』は、いつもの転移《てんい》時と同じように、出て行ったっきりで空《から》っぽ、反応なしなんでございま……あっ！」

その製造に携《たずさ》わった一人として、気付く。

「きよ、教授！　もしかして『暴君《ぼうくん》』の右腕は、仮装意思総体が活性化したせいで、転移先に実体化しちゃっているのでは？」

「んー、あぁーりそうな話ですねぇ。こぉーのままでは、作戦開始前《まえ》に全身が転移しぃーてしまう危険性すらあぁーりますよぉー？　まぁーさにエエーキサイティング！　波乱万丈《はらんばんじょう》のァアークシデント！　こぉーれだから、この世に生きることはやぁーめられません!!」

教授は言って、眼前にある光景を愉悦《ゆえつ》の面持《おもも》ちで眺《なが》める。

「しぃーかし、よぉーほど大規模な『大命詩篇《たいめいしへん》』が、一ー斉《いっせい》に完全稼動《かどう》でもしない限り、『暴君《ぼうくん》』自《じ》ぃー身《しん》が転移することなど、あぁーりえないはずなのでぇーすがねえ。そぉーのような状況が果あーたして……ん？」

「……ふん、なるほどの」

教授の分析《ぶんせき》から、ベルペオルは同じ答えに辿《たど》り着いた。

「我らが『大命詩篇《たいめいしへん》』を稼動させ得る者は極少、ここまで大規模一斉に完全稼動させ得る者はさらに……通常《つうじょう》考え難い、この事態《じたい》が指し示す可能性は一つ、か」

「それは？」

勿体《もったい》つけた物言いで、ゴクリと唾《つば》を飲むフェコルーを数秒待《ま》たせてから、ベルペオルはゆっくりと口を開く。

「宝具《ほうぐ》『零時迷子《れいじまいご》』本来の持ち主が現れた、と考えれば……どうだね、教授？」

視線を向けられた教授は、自分の傍《かたわ》らにもパネルを引き出して表示《ひょうじ》に注目する、そのついでとして答える。

「おぉーそらく、そんなところでしょうねえ。彼女が『零時迷子《れいじまいご》』に過干渉《かかんしょう》を行ったせいで、変換中の仮装意思総体を、常態《じょうたい》以上の意識レェーベルで覚醒《かくせい》させてしまった……こぉーれは貴重《きちょう》な稼動サンプルになぁーりますよぉー？」

「〝彩飄《さいひょう》〟フィレスが……！」

フェコルーは冷や汗を拭《ふ》き拭き、彼ら［仮装舞踏会《バル・マスケ》］実質の指導者、三柱臣《トリニティ》が一柱《ひとはしら》たる女性に振り向く。

「たしかに彼女なら『大命詩篇《たいめいしへん》』により変換《へんかん》を行った『戒禁《かいきん》』の奥に触れることは可能……ということは、私たちの計画の概要《がいよう》を悟《さと》られてしまう危険性があるのでは!?」

対照的《たいしょう》に、ベルペオルは軽く笑った。

「なに、起動しただけなら単に彼が出るだけのこと、それが何者であるかなど、悟られることはないさ。式は、最後の一篇《いっぺん》が組み込まれなければ意味をなさないのだからね」

笑って、しかしその表情を僅《わず》か思索《しさく》のために伏せる。

「とはいえ、当面の問題……この実体化の進行は、なんとしても抑えねばな」

四人の見上げる先に掲げられた鎧《よろい》、その明滅《めいめつ》はさらに激しくなっていた。消えた右腕から、さらに肩口までがじわじわと消滅《しょうめつ》の領域《りょういき》を広げている。

フェコルーは口に指をくわえ震えあがった。

「か、かなり進行が早い……こちらで呼び戻すための式を構築《こうちく》する暇《ひま》が……！」

速度を観察し、鎧の周りにある種々の部品の破損《はそん》状況を確認し終わったベルペオルは、なにかを諦《あきら》めたかのように、短く軽い溜《た》め息《いき》を吐《つ》いた。

「やはり、他に手はないか」

教授の傍《かたわ》らに立つ〝燐子《りんね》〟に命じる。

「カンターテ・ドミノ。『銀沙回廊《ぎんさかいろう》』を起動、『星辰楼《せいしんろう》』に繋《つな》げておくれ」

「はいでございますですっ！」

緊迫《きんぱく》したドミノの声にかぶせるように、

「その必要はありません」

平坦《へいたん》な声が大扉《おおとびら》、この部屋本来《ほんらい》の入り口から響《ひび》いた。

皆が目をやった先、縦に長い大扉がゆっくりと音もなく開き、明るすぎる水色の輝きが部屋へと差し込んでくる。

ベルペオルが、納得《なっとく》する風《ふう》に目を細めた。

「『大命詩篇《たいめいしへん》』が完全稼動《かどう》しているんだ、気付かないわけがないね」

「はい」

短く答え、静かな足取りで『祀竈閣《しそうかく》』内に進み出たのは、大きな帽子《ぼうし》とマントに身を包む、無表情な少女。体の周囲に、光源たる光の粒《つぶ》が、星のようにゆっくりと巡っている。ベルペオルと同じく、[仮装舞踏会《バル・マスケ》]を率《ひき》いる三柱臣《トリニティ》が一柱、巫女《みこ》〝頂の座《いただきくら》〟ヘカテーである。

彼女が通常は寄り付かない『祀竈閣《しそうかく》』に姿を現した、という事実から、ベルペオルは事態の深刻《しんこく》さを、より明確に認識する。

「やはり、まずい、と？」

「はい。『大命詩篇《たいめいしへん》』による変換《へんかん》が不完全であるためか、仮装《かそう》意思総体《そうたい》の覚醒《かくせい》に全く歯止めが効いていません。このまま放置しておけば、転移《てんい》先の素体《そたい》を核《かく》に、彼が全身を実体化させてしまう恐れがあります」

起伏《きふく》のない声で明確に返しつつ、竈《かまど》に向かって階段を下りる。その傍《かたわ》ら、

「おじさま」

と、教授に顔を向けず尋《たず》ねた。

「ん～ん？」

「最後の式は、まだ使えませんか？」

問われた対象《たいしょう》は、数ヶ月前に彼女が齎《もたら》した、複雑怪奇《かいき》な自在《じざい》式。

その研究と解析《かいせき》に当たっていた教授は、ほんの先刻《せんこく》まで取り組んでいた研究への熱意もあらわに大声で答える。

「んんー、機能の概要《がいよう》は解析でぇーきました。予測どおーり、今までに採取した鏡像《きょうぞう》を一《い》ぃー っ気《き》にジョッイイーント！　させて共振《きょうしん》に必要な人格パターンの振幅《しんぷく》を構築《こうちく》、その稼動《かどう》によって全体の制御《せいぎょ》を行う、まっ、さっ、にっ、エエーックセレントな――」

「今はまだ、使えぬようだが――」

暴走《ぼうそう》する教授の解説をベルペオルは簡潔《かんけつ》に纏《まと》め、

「――こうなると、おまえ自身に、抑えてもらわねばならん」

組織の至上命題《めいだい》たる『大命詩篇《たいめいしへん》』の扱いを一手《いって》に担《にな》っている巫女《みこ》を、促《うなが》す。

「い、行けるかね？」

「はい」

ヘカテーは表情を変えず、頷《うなず》きもせず、ただ明確に答えた。

「座標《ざひょう》も、『大命詩篇《たいめいしへん》』の完全稼動で、問題なく摑《つか》めます。変換の下地《したじ》もできていますから、もう刻印も滞《とどこお》りなく行えるでしょう」

「結構《けっこう》。頼んだよ」

「はい」

もう一度答え、巫女たる〝紅世《ぐぜ》の王〟は細く白い指を前に伸ばす。

その先にあるのは、どす黒い煤《すす》をまとわり付かせた大竈『ゲーヒンノム』。彼女ら三柱臣《トリニティ》が、大命遂行時《すいこうじ》にのみ使用を許される特別な宝具《ほうぐ》が、今そこに二つだけ存在していた。

一つは、竈の上をゆるりとたゆたう、ベルペオルの鎖《くさり》『タルタロス』。

もう一つは、白木《しらき》の柄《え》と金の意匠《いしょう》を灰の中ほどに刺す、ヘカテーの大杖《だいじょう》『トライゴン』。

指し伸ばされる動作に、欲する意思に呼応《こおう》して、大杖は矢のように飛んだ。

ヘカテーはこの高速の飛来《ひらい》を軽く確かに受け止め、一回転、床に石突《いしづき》を打つ。

シャーン、
と錫杖頭《しゃくじょうとう》に嵌《はま》った遊環《ゆうかん》が、透《す》き通った音色《ねいろ》を『祀竈閣《しそうかく》』に響《ひび》かせた。

一同の見守る中で、巫女《みこ》は一旦《いったん》瞑《つぶ》った目を、開く。

明るすぎる水色の輝きが、決意と力に溢《あふ》れていた。

「もう、見失いはしません」

1　秘密と秘密

十二月も半《なか》ばになると、昼なお寒風《かんぷう》が街を揉《も》む。この肌《はだ》を刺すような風の中、近所のコンビニへと買い物に出た坂井悠二《さかいゆうじ》は、

「よっ」

「父《とう》さん⁉」

突然、父・貫太郎《かんたろう》に出くわした。

どの季節でも変わらない、褐色《かっしょく》のロングコートにスーツという身形《みなり》が、雪もちらつきそうな寒天《かんてん》にも揺るがず平然と立っている。細長い輪郭《りんかく》を強靭《きょうじん》な線で形作った不思議《ふしぎ》な容貌《ようぼう》が、これも変わらない、飄々《ひょうひょう》とした笑みを浮かべていた。

海外に単身赴任《ふにん》しているという以外、息子《むすこ》である悠二にも、仕事の内容どころか居場所《い》すら知らせない父は、短いときは数ヶ月、長いときは一年以上も家を空《あ》けている。不定期な帰宅に際しても、事前の連絡などは一切なく、今のように突然ひょっこりと顔を出す。この夏に帰ってきたときもそうだった。

帰る度《たび》にいろんな家族サービスをしてくれること、母・千草《ちぐさ》が事ある毎《ごと》に惚気《のろけ》て仲の良さを見せ付けてくれること、本人の性格も大らか穏《おだ》やかであること、などの理由から、悠二《ゆうじ》には、不在がちであるという一点を除けば、父には特段《とくだん》の不満も抱いていない。

が、それでも、

「風邪《かぜ》はひいてないな？」

などと、まるで先週会ったばかりのように軽く言われると、声に呆《あき》れも混じってしまう。

「うん」

ともかく悠二は——男同士《どうし》の見栄《みえ》からか——しゃっきりと背を伸ばし、外で父に出くわした際の、決まりきった質問をする。ちなみに、「おかえり」は家に帰って母と一緒に言うのが慣例《かんれい》だった。

「もう母《かあ》さんには会った？」

「いや、これからだ」

決まりきった息子《むすこ》の質問に対する、決まりきった父の答えである（今回は「ああ、相変わらずだったよ」の方ではなかった）。

と、

「なあ、悠二」

その後に続くはずの言葉、「じゃあ、一緒に帰ろうか」が、今日は来ない。どころか、妙《みょう》な提案が来た。

「少し、歩かないか」

「えっ？」

息子の戸惑《とまど》いを察して、貫太郎《かんたろう》はからかい半分に尋《たず》ねる。

「寒いのは嫌か？」

「そんなことはないけど……母さんに、早く会いたくないの？」

「あとでじっくり見つめるさ。行こう」

「うん」

気障《きざ》な台詞《せりふ》も、父が言うと嫌味《いやみ》にならない。そのことに軽い嫉妬《しっと》を覚えつつ、悠二は広い歩幅についてゆく。幼い頃は、ほとんど小走りで行かねばならず、度々《たびたび》取り残されては泣いて、父に謝られたり母に慰《なぐさ》められたりしていたが、今はややの早足で十分続くことができた。

その昔から変わらず細い、しかし大きな背中越《ご》しに、貫太郎が訊《き》いてくる。

「悠二。お前、少し雰囲気《ふんいき》が落ち着いてきたんじゃないか？　背は、ほとんど伸びてないと思うが」

「え、そうかな？」

父からの賛辞《さんじ》には、他の誰からのそれとも違う、独特の誇らしさがあった。

（でも、それは……）

胸の奥に、誇らしさと同等の寂しさが去来《きょらい》する。

今ここにある彼は、人間ではない。かつて生きていた、かつて〝紅世《ぐぜ》の王〟一味に喰われて死んだ、『本物の坂井悠二《さかいゆうじ》』の残り滓《かす》から作られた代替物《だいたいぶつ》、『トーチ』だった。

本来は残された〝存在の力〟を時とともに失い、存在感も居場所《いばしょ》も自然となくし、誰からも気に留められることなく消え、いなかったことになるはずの存在だった。

ただ、彼はたまたま身の内に、毎夜零時《れいじ》、その日に消耗《しょうもう》した〝存在の力〟を回復させる永久機関『零時迷子《れいじまいご》』を宿したがために、忘却《ぼうきゃく》と消滅《しょうめつ》の運命から免《まぬが》れ得ている。代わりに、波乱万《ばん》丈《じょう》という生温《なまぬる》い、自身の存在への悩みも背負わされていたが。

今という時も、例外ではない。

(父《とう》さんが感じた落ち着きも、人間として成長した証《あかし》じゃなくて……僕が、取り込んだ〝存在の力〟を扱えるようになった表れ、なんだろうな)

それも、確かに一つの成長の形と言えるのだろうが、父が感じ喜んでくれたものとは、根本的な意味で違っている。そのことが、本物の息子《むすこ》の欠片《かけら》として、悠二にはとても済まなく思われた。沈んだ気持ちから、自然と口は重くなり、後に続くだけとなる。

いつもなら、息子が思い悩んでいるときは、どこかズレていたり逆に鋭かったりの会話を投げかけてくる貫太郎《かんたろう》も、どういうわけか、今日は口を開かない。

「……」

「……？」

悠二は、そんな父の雰囲気《ふんいき》に微妙《びみょう》な深刻《しんこく》さが混じっているように感じられた。迂闊《うかつ》に話しかけることもできず、足はただ、その背を追う。

二人はどこを目指すでもなく歩き続け、やがて街路を塞《ふさ》ぐ堤防《ていぼう》に突き当たった。

貫太郎は、周りを見回して一言、

「真南川《まながわ》か。お祭りはもう終わったのか？」

「終わったもなにも、あれは夏祭りだよ、父さん」

「ん？　そうだったか」

「そうだよ。一緒に浴衣《ゆかた》着て行ったこともあるじゃないか」

（やっぱり、どこかズレてるなあ）

安堵《あんど》にも似た笑いで、悠二は返した。

思案《しあん》顔も一瞬、ああ、と貫太郎は思い出す。

「たしか千草《ちぐさ》さんは淡い青の風車柄《がら》を着てたな。うん、似合《にあ》ってた」

「母《かあ》さんのことだけは、ちゃんと覚えてるんだ」

「お前のことも、ちゃんと覚えてるぞ。見る度《たび》にリンゴ飴《あめ》を欲しがっていた」

「そ、そうだっけ？」

「そうとも」

お返しのように笑うと、貫太郎《かんたろう》は軽快な二段飛ばしで、ヒョイヒョイと堤防《ていぼう》の石段を駆け上がってゆく。

悠二《ゆうじ》はその後に同じく、二段飛ばしで続く。この半年間、毎朝毎夜に飽かず続けている鍛錬《たんれん》のおかげで、もはや日常レベルの運動では、ほとんど疲労を感じなくなっていた。

上った先で、貫太郎が背を向けて待っている。

「冬の河川敷《かせんしき》ってのもいいもんだ。渡り鳥のような暮らしを送っていても、息子《むすこ》と立つと、ここが『自分の街』だって気がしてくる」

「僕には見慣れた風景だよ。父《とう》さんと一緒ってのは珍しいけどね」

その隣《となり》に立った悠二は、深《しん》呼吸する父の細い顔が、意外《いがい》と近くにあることに気付いた。

(昔は腕や肩しか見えなかったのに……それとも、大きくなってからは横に立たなくなってたからかな?)

思いつつ、尋《たず》ねる。

「父さん」

「ん?」

「今度は長く家にいられるの?」

「あー、それがな」

貫太郎は困った顔になる。

こうなるともう、悠二にとっては答えを聞いたも同然だった。

案《あん》の定《じょう》、

「今度も、急用ができて帰ってきただけだから、またすぐに出ることになる。すまん」

苦《にが》く笑う父を、悠二はいつものように許容する。

「僕はいいけど、母《かあ》さんは寂しがるだろうな」

「それを言われると、返す言葉がない」

ふと、悠二は父の苦い表情から、察するものがあった。

(……急用？)

父が、なにか言いあぐねている。

口にし辛《づら》いことが、あるらしい。

この父が、坂井《さかい》貫太郎が。

そうと察し得たのは、自分にしては鋭いのではないか……と悠二は心中《しんちゅう》密《ひそ》かに自賛《じさん》し、不《ぶ》器用《きよう》ながら水を向ける。

「用って、母さんに？」

話の取っ掛かり程度のつもりで口にしたその問いは、しかし予想外なことに、かなり核心《かくしん》に近い部分を突いたらしい。

「ああ」

頷《うなず》いて、貫太郎《かんたろう》は両手を腰にやり、より深く大きく、まるで溜《た》め息《いき》を吐《つ》くように、まるでなにかを準備するように、もう一度深呼吸《しんこきゅう》をした。眼《め》を合わさないまま、遠い対岸を見やりながら、口を開く。

「困った人の相談に乗るのが、私のモットーだからね」

「困った……？　母《かあ》さんが？」

悠二《ゆうじ》は訝《いぶか》しんだ。母・千草《ちぐさ》が困る、という状況を、全く想像できなかったからである。息子《むすこ》である自分始め、出会う人という人に例外なく逆らい難さを感じさせる、起こる出来事という出来事をマイペースに処理する、あの母が。

しかし、貫太郎はいとも簡単に、息子の幻想《げんそう》を吹き飛ばす。

「千草さんは『いい』と言ったんだが、あの人は昔から、、、、、、自分自身のこととなると不器用《ぶきよう》なところがあるから……おっ、古い方の鉄橋見《み》るの、何年ぶりかな」

戸惑《とまど》う息子を置いて、父は堤防《ていぼう》を歩いてゆく。

「ま、待ってよ、父《とう》さん」

悠二は慌《あわ》ててその後を追った。

昼日中《ひるひなか》とはいえ、十二月の風吹き渡る堤防に、人影《ひとかげ》は少ない。子供が幾人《いくにん》か、河川敷《かせんしき》のグラウンドでサッカーに興《きょう》じている以外は、ジョギング中らしい老人が一人、前方に見えるだけだった。

その老人が二人の横をすれ違い、ややの距離を開けるのを待ってから、悠二は僅《わず》かに強い口《く》調《ちょう》で尋《たず》ねる。

「母さんが困った、って、どういうこと？」

坂井千草という女性が困っている、という事実は、一緒に暮らしている息子である彼にとって、大きな衝撃《しょうげき》だった。

母は常のように平然としていることが当たり前——母が悩んだり苦しんだり困ったりするわけがない——母は日常の中に絶対者として存在している——それらが全く無根拠《むこんきょ》な、子供の盲信《もうしん》であることに、ようやく気付かされたのである。

もしかして自分が関係したことなのか——気付かない間に何かしてしまったのか——どうして気付いてあげられなかったのか——どんどん悪い方に思考《しこう》が螺旋《らせん》を描き加速してゆく。

貫太郎は、そんな息子を振り返り見て、困った風《ふう》に微笑《ほほえ》む。

「いや、困ったといっても、別に悪い意味じゃない」

「えっ」

「ただ、どう説明すればいいのか分からず悩んでた、ってところかな」

「そ、そうなんだ……」

悠二は、とりあえずの安堵《あんど》を覚えて、

「でも、実際に母さんが困ったり悩んだりしてたことに気付けなかったのなら……僕は、その、やっぱり悔《くや》しいよ」

なおも痛恨《つうこん》の思いを吐露《とろ》した。

息子《むすこ》の言葉に、込められた優しさに、貫太郎《かんたろう》は父として、微笑に驚きと喜びを混ぜる。

「うん、そうだな」

「それで父《とう》さん、母《かあ》さんが悩んでた説明っていったい――」

核心《かくしん》を突きかけた悠二《ゆうじ》に、

「悠二」

貫太郎は突然、

「競走だ！」

「えっ？」

言い捨てて走り出した。堤防《ていぼう》上、ジョギングシューズの足跡や自転車の轍《わだち》がそのまま固まった不《ふ》整地をものともせず、物凄《ものすご》い勢いで細長い足は回転する。

「……、っあ!?」

悠二は一瞬呆気《あっけ》に取られて、しかしすぐに後を追った。昔から、こういう突発的な行為はよくあったのである。そのくせ未《いま》だに慣れることができていないのは、前後の脈絡《みゃくらく》が全くないからだった。ともかくも、父を追って走る。

「ま、待ってよ父さん！」

「おっ、速いな」

貫太郎は笑って、さらに速度を上げた。

ふと悠二は、この背中を追っていた幼い日々のことを思い出す。決して抜けない背中、靡《なび》くコートは、まるで魔法のマントだった。胸の底に、思いが湧《わ》く。

（今、僕が持ってる本当の力を使えば）

この背中を追い抜けるかもしれない。

（いや、追い抜けるだろう）

確信して、それでも普通に走る。

意地でも、普通に走る。

そして、負けた。

「ゴールだ！」

言って、貫太郎は当初からの予定だったらしい、鉄橋の袂《たもと》で止まった。ほとんど息が乱れていない。まったく、心身ともに若い父親だった。

ゴールとなった鉄橋（正式な名前は井之上原田《いのうえはらだ》鉄橋）は、御崎大橋《みさきおおはし》の南に位置する、かなり古い橋である。対岸の御崎市駅《えき》からの分岐《ぶんき》線を通す鉄道橋脇《わき》に、細い人道橋《じんどうきょう》が一つだけ付いているのが特徴《とくちょう》だった。

その人道橋の入り口、横を電車が通る度《たび》に揺れる、粗末《そまつ》な板張りに立つ貫太郎は、

「悠二《ゆうじ》」

何気なく問いかけた。

悠二も、息を整えながら軽く返す。

「な、なに？」

「私が帰ってきたのは、おまえに同意を求めるためなんだ」

母の悩みとどう関係しているのか、訝《いぶか》しみつつも鸚鵡《おうむ》返しに尋《たず》ねる。

「同意？」

「ああ。弟か妹か……その子の名前に『二』って文字を入れたいんだ。いいかな？」

「そりゃ、別に僕は構わな――」

質問に答える途中で、思考《しこう》がスコン、と抜け落ちた。

空白の数秒を置いて、

「――ええっ!?」

悠二は驚愕《きょうがく》に飛び上がった。

「お、弟、妹って、それ、つまり」

動揺《どうよう》で言葉が定まらない。

貫太郎《かんたろう》は照れ臭そうに、頭をガリガリと掻《か》いた。

「七月末に、一度戻《もど》ったろう？　あのときに、まあ、なんだ、できたらしい」

「そ、そう、なんだ」

ようやく頭が状況を把握《はあく》して、ハッとなる。

「おめでとう父《とう》さん！　って、あれ？　僕はこう言うべき……なのかな」

まだ混乱している息子《むすこ》に、もちろん、と父は頷《うなず》き、

「ありがとう。そして、おめでとう、だ。悠二兄さん」

その肩を強く、ボンと叩《たた》く。

「兄《にい》、さん」

初めて呼ばれるその称号《しょうごう》に、悠二は微妙《びみょう》なむず痒《がゆ》さと気恥《きは》ずかしさを覚えた。じわじわ湧《わ》いてくる嬉《うれ》しさと高揚感《こうようかん》の中、

（そうか……なるほど、父さんが帰ってくるには十分な、凄《すご》い理由だぞ）

と納得《なっとく》しかけて、

「あれ？」

ようやく気付く。

「そんなおめでたいことで、どうして母《かあ》さんが困るのさ」

言う間に、『三』という文字が持つ意味への不審《ふしん》も抱く。

「もしかして、名前のことって……なにか意味があるの？」

「そんなところだ――、よっと」

貫太郎《かんたろう》は橋の入り口、堤防《ていぼう》の地面にガリッと、革靴《かわぐつ》の踵《かかと》で鋭く線を描いた。

なにかの遊びかと思った悠二《ゆうじ》は、

「父《とう》さん？」

見上げた父の表情が、鋭く引き締まっているのに気が付いた。

その表情を崩して、

「いや、秘密、と言うほど大したことじゃない」

貫太郎は首を振る。前もっての無用な深刻《しんこく》さを払うためだった。

「今まで、なかなか話す機会がなかったし、今度のおめでたがなければ、話す気は起きなかっただろう」

声は軽くあっけらかんと、しかし言葉の意味は重く、説明は続く。

「しかしまあ、どんな神様のお計らいか、こ、う、い、う、ことになった。それで、名前のことを千草《ちぐさ》さんと相談したとき……私は、今のおまえにならいいだろう、と思った。千草さんは、どう言えばいいのか、と困った。そういう話だ」

言いつつ、貫太郎は橋の中ほどに歩き始めた。

「もっとも、千草さんは素直に『困った』と言ってくれるような人じゃない。あの人は、どん

なに困っても自分からは言わないし、顔にも出さないからな」

「うん」

それは悠二《ゆうじ》にも分かる。

「だから、千草《ちぐさ》さんが困っているときは、そうと察した他人が助けなければならない。だから私は、あの人と結婚した。助ける理由を問わせないために。今度の帰国も、その一つだ」

父の声が、姿が、少しずつ遠くなっていた。

「前もっての連絡はしてないから、帰ったらびっくりするだろうな」

悠二の前には、貫太郎《かんたろう》によって袂《たもと》の地面に引かれた薄い線が、小さくも大きな障害として残されている。

「――」

父が言うように、大したことではないのかもしれない。

しかし、父が帰国するほどに母が困っていることではある。

ほんの少しの躊躇《ちゅうちょ》を経て、

「――聞くよ」

他でもない父が、話してもいい、と見込んでくれたことに応えたい、という願い、母が困っている原因を自分の協力で取り除けるのなら、という率直《そっちょく》な思いやり、そうすることで自分が大きくなれる、という意気込みが、足を踏み出させる。

「そのために、わざわざ帰ってきてくれたんでしょ」

「そうか」

貫太郎は、声だけで笑った。振り返らず、隙間《すきま》から下が見える粗末《そまつ》な板張りの床を、ギシギシ鳴らして歩いてゆく。

その後に、近すぎず遠すぎずの距離を開けて、悠二は続く。

何十歩か歩いた頃、近い警笛《けいてき》と、その余韻《よいん》を破って、電車が傍《かたわ》らの線路を通り抜けた。

グラグラと、危うい寸前《すんぜん》まで揺れる床板の上でも、平然と歩を進める貫太郎は、電車が通過して静かになるのを待ってから、ようやく口を開く。

「千草さんと私が学生結婚した、ってことは知ってるな？」

「うん」

頷《うなず》く悠二は、しかしそれ以外には、若かったので苦労した、程度しか聞かされていなかったことも同時に思い出す。子供心《ごころ》にも追及するのは悪《あく》趣味に思えたし、当の二人に、それ以上を問わせない雰囲気《ふんいき》もあったからである。

自分は勘当《かんどう》された、と常から言っていた貫太郎は（ゆえに悠二は祖父母《そふぼ》について全く知らない）、少し肩をすくめて旧悪《きゅうあく》を吐露《とろ》する。

「お互い若かった、というのは言い訳だが、子供ができたから結婚した。今風《いまふう》に言えば、できちゃった婚《こん》、ってやつか」

（たしかに、僕が子供のときには話せないなあ）

そう大人《おとな》ぶって考えてから、

（ん？）

父の言葉が『おまえができたから』ではなく『子供ができたから』だったことに気付く。

（なん、だろう？）

言い回しの誤差《ごさ》だけではない、妙《みょう》な胸騒《むなさわ》ぎを覚えた。

「千草《ちぐさ》さんは小さい頃から、赤ん坊だったり、そうでなかったり……たくさんの、いろんな子供たちを育てては見送る、そういう所にいた人でね」

「母《かあ》さんが……」

悠二《ゆうじ》にとっては初めて聞くことばかりである。たしかに母は、息子《むすこ》を一人持っただけとは思えないほどに、子供のあしらいに長《た》けていた。納得《なっとく》と同時に、その事実を開陳《かいちん》する意味、秘密の重さがゆっくりと心に染み込んでくる。

父の言葉は続く。

「だから余計《よけい》に、かな。自分だけの、ずっとそこにいてくれる子供ができたことを、心から喜んでいたよ。若気の至り、で済ませようとしていた……粋《いき》がっていた馬鹿な若造だった私が、その姿に打ちのめされて、柄《がら》にもなく結婚を決意するくらいに、な」

「……」

そこに漂う得意げな笑い、夫婦の惚気《のろけ》を感じて、息子も少しだけクスリと笑う。

と、一転《いってん》した声が、

「だが」

「？」

「その初産《ういざん》は酷《ひど》いことになった。しかも、全部終わった後に、医者に告げられた。もう子供はできないだろう、と」

「えっ、でも」

言いかけた前から、自転車がガタガタと細い人道橋《じんどうきょう》を走ってくる。

これを、二人は手すりに並んで寄りかかり、やり過ごした。

貫太郎《かんたろう》は、その姿勢のままで言う。

「ああ。結果的に言えば、それは誤診《ごしん》だったことになる。まあ実際、それから十六年間、子供はできなかったわけだが……」

その目は、遥か遠くの冬空を見上げていた。

「今となっては、なにが効いたのか、どうやって治ったのかも分からない」

そこにあるものか、ないものかを見上げて、言う。

「とにかく、当時の私たちにとっては確かに、自分の子供はそのとき生まれた二人だけになったんだ」

聞き捨てならない言葉を、悠二《ゆうじ》は咄嗟《とっさ》に拾い上げていた。

「二、人？」

「ああ。生まれて、生きることのできなかった子。生まれて、生きることのできた子。その二人だけだった」

「――!!」

両親が幼い自分に言えなかった訳を、悠二はようやく理解した。

「次男だから、というだけじゃない」

貫太郎《かんたろう》は真剣な眼差《まなざ》しで、息子《むすこ》に向き合う。

「生きることのできなかった兄さんが、確かにいたことの証《あかし》として、もう一つ、兄さんの分も合わせた二人分の人生を悠《はるか》に生きて欲しいという願いを込めて、私たちは、おまえに『悠二』という名前をつけたんだ」

そうして、最初の問いに、戻る。

「だから、次に生まれる三人目の子にも、兄《にい》さんと悠二、二人の次である証として、『三』の文字を入れたい。いいか？」

弟だった少年は、生まれてくる新たな家族のために、しっかりと頷《うなず》いた。

「うん」

父にも言えない、一つの思いを秘めて、答えた。

「話してくれてありがとう、父《とう》さん」

貫太郎は、息子と並んで、久方《ひさかた》ぶりの家路《いえじ》に就《つ》く。

「千草《ちぐさ》さんの悩みを思えば、たしかに名前一つのことだ。なんとなく付けた、と誤魔化《ごまか》して、次に話せるときを待つこともできたわけだが……」

「うん」

悠二も、父と並んで、帰るべき場所へと歩いてゆく。

どこかに坂井家《さかいけ》も混ぜている、高い建物のない住宅地は、空が広かった。

その彼方《かなた》を見るでもなく見て、貫太郎は言う。

「私としては、とにかく実際におまえと顔を合わせてから、決めようと思った」

「その結果、話してくれる気になったんだ？」

「ああ。ちゃんと話せる男になってるように見えたんでな」

「そりゃ……どうも」

悠二は、照れ笑いに、ほんの僅《わず》かな涙と誇らしさを混ぜた。父にそう見せた理由がなんであれ、結果として無駄《むだ》な心労《しんろう》をかけさせない方向に事態《じたい》が向かったこと、それだけは確かな、そして大きな、今の自分が得た成果であるように思えた。

（ちゃんと話す、か……）
父にそう見せた理由について、思う。
血のように赤い夕日の中で起きた、日常からの逸脱《いつだつ》。
身の内にある、元凶《げんきょう》にして命綱《いのちづな》たる宝具《ほうぐ》。
そして出会った、一人の少女。
（今の僕が抱えている秘密は、話して理解してもらえるようなことじゃない）
その場所での自分の存在と秘めたる意味は、思うだに怖気《おぞけ》が走る。
（けど）
今ここにいられること自体が奇跡《きせき》と思えるほどの、あの戦い。
結果的に齎《もたら》された、いつ火が点《つ》くか分からない、危険な平穏《へいおん》。
猶予《ゆうよ》は既《すで》になく、始まれば全てが変わってしまうだろう日々。
火に炙《あぶ》られるような恐怖の中、しかし今、真実と朗報《ろうほう》を得た。
（いつか父《とう》さん母《かあ》さんに……ただ、聞いてもらえるだけでもいい）
悠二《ゆうじ》は、自分の胸を摑《つか》んで、誓《ちか》う。
父がそうしたように、自分もいつか、本当のことを話そう、と。
（そうすれば、僕は）
向かう先に、自分たち家族の家が、玄関先《げんかんさき》を掃除している母が、見えた。

父が一緒であることに気が付いて、その意味を悟《さと》って微《かす》かに表情を曇らせる、母が。

（ここから巣立《すだ》てる）

今は帰る場所、そこに在る母へと、できるだけ明るく声をかける。

「ただいま、母さん」

温かく咲いた母の微笑《ほほえ》み、喜びと嬉《うれ》しさの言葉を、

「おかえりなさい」

ゆえにこそ切なく受け取って、誓う。

（あの時見た、全てを抱いて）

二ヶ月前、御崎《みさき》高校の学園祭たる清秋祭《せいしゅうさい》の会場で、
《裏切ったことは、分かっている》
坂井《さかい》悠二は、自身が蔵《ぞう》した〝紅世《ぐぜ》〟秘宝《ひほう》中の秘宝『零時迷子《れいじまいご》』本来の所有者『約束の二人《エンゲージ・リンク》』の片割れたる〝紅世《ぐぜ》の王〟――〝彩飄《さいひょう》〟フィレスの襲撃《しゅうげき》を受けた。
《でも、もう決めた……友達は見ない、と》
『零時迷子《れいじまいご》』の中には、一つの戦いで瀕死《ひんし》の重傷を負い、そこから逃れるため転移《てんい》した『約束《エンゲ》の二人《ージ・リンク》』の片割れ、『永遠の恋人』と呼ばれる〝ミステス〟ヨーハンが封じられていた。

《覚えているだろうか、ヴィルヘルミナ……あのときの、ことを》
フィレスは、人伝《ひとづた》いに走査《そうさ》を行う自在法《じざいほう》『風《かぜ》の転輪《てんりん》』を世界中にばら撒《ま》き、遂《つい》に愛《いと》しい恋人を隠《かく》した容れ物――坂井《さかい》悠二《ゆうじ》の在り処《か》を突き止め、彼を再び取り戻すため現れた。
《〝壊刃《かいじん》〟サブラクの攻撃を受けたヨーハンは、もうあのままでは助からなかった》
ヨーハンは、『零時迷子《れいじまいご》』の内に封じられ転移《てんい》する寸前、何者かの依頼を受け、彼らを追い詰めた殺し屋〝壊刃《かいじん》〟サブラクに、謎《なぞ》の自在式《しき》を打ち込まれていた。
《だから、『零時迷子《れいじまいご》』の内に彼を封じて、避難《ひなん》のための転移を行わせ》
この自在式によって『零時迷子《れいじまいご》』は、ヨーハンを構成する部位《ぶい》に劇的な変化を起こし……同時期にトーチとなっていた坂井悠二の中へと、転移したという。
《私は〝壊刃《かいじん》〟を丸ごと抱えて、自在法『ミストラル』で》
劇的な変化が『零時迷子《れいじまいご》』に齎《もたら》したものは、宝具《ほうぐ》を守る自在法『戒禁《かいきん》』の無差別な発動――フィレスまでも含む――と、かかった者の〝存在の力〟吸収という異常なものだった。
《できるだけ遠くへ、遠くへと、飛んだ》
フィレスはこれらの情報を、先行させた傀儡《くぐつ》によって摑《つか》み、満を持して到来《とうらい》した本体は悠二に直接触《ふ》れず、風の球の内に閉じ込めた上での分解《ぶんかい》を試みた。
《そうしたのは、貴女《あなた》を助けるためだった――》
悠二とともに人として暮らし、ともに幾《いく》つもの激しい戦いを潜《くぐ》り抜けてきた〝天壌《てんじょう》の劫火《ごうか》〟

アラストールのフレイムヘイズ、『炎髪灼眼《えんぱつしやくがん》の討《う》ち手《て》』シャナ、
《――ヴィルヘルミナ》
異《い》な縁《えん》から御崎《みさき》市を訪れ、仮の宿に滞在していた〝蹂躙《じゆうりん》の爪牙《そうが》〟マルコシアスのフレイムヘイズ、『弔詞《ちようし》の詠《よ》み手《て》』マージョリー・ドー、
《私はヨーハンの転移の時を見られず》
シャナの育ての親の一人であり、またフィレスやヨーハンの友でもある〝夢幻《むげん》の冠帯《かんたい》〟ティアマトーのフレイムヘイズ、『万条《ばんじよう》の仕手《して》』ヴィルヘルミナ・カルメル、
《その変異《へんい》すら知ることができなかった》
悠二を想い、人の身でありながらこの場に立つと決意した少女・吉田《よしだ》一美《かずみ》、
《だから、もう他は要《い》らない》
マージョリーを慕《した》い、子分たるを自任していた佐藤啓作《さとうけいさく》と田中栄太《たなかえいた》、
《私だけで》
それら一同の前で、まさに処刑《しよけい》されつつあった坂井悠二、
《私と、ヨーハンだけで、いい》
彼の蔵《ぞう》した『零時迷子《れいじまいご》』に施《ほどこ》された、ヨーハンの封印《ふういん》を解除《かいじよ》する、言葉が、
「来て、ヨ、ヨ、ヨーハン」
「う、あ、わあああああああああああああああああああああ――!!」

悠二《ゆうじ》の絶叫《ぜっきょう》とともに響《ひび》き、
そして、それが答えた。

「――ヨー、ハ、――」
フィレスが、自分を見た。
自分の胸を、見下ろした。
胸を、刺し、貫《つらぬ》いている。
「――、ッ――?」
腕が。
悠二の、胸から生《は》えた腕が。
ギシギシと歪《ゆが》んできしむ、板金鎧《ばんきんよろい》の、腕が。
その隙間《すきま》から、炎《ほのお》を吹き上げる、腕が。
色は――〝銀〟。
胸に生えた、鎧の腕を見下ろす悠二は、
そこに吹き上がる銀の炎を見下ろす悠二は、
動揺《どうよう》と混乱の極みにあった。

「あ、あ……」
掛け値なし、絶体絶命《ぜったいぜつめい》の危機から、逃れることができたのか、できていないのか。
それすら分からない。
(なん、だ?)
ほんの数分前まで、御崎《みさき》高校清秋祭《せいしゅうさい》の閉幕式を、皆で穏《おだ》やかに眺《なが》めていたはずだった。
それが突然、目の前にいたフィレスの傀儡《くぐつ》が弾《はじ》け、
周辺地域《ちいき》も含め高校が封絶《ふうぜつ》に包まれて静止し、
傀儡が変じたらしい自在法《じざいほう》の球に囚《とら》われ、
吹き荒れる風によって宙へと攫《さら》われ、
行く先に現れた、本物の〝彩飄《さいひょう》〟フィレスに分解《ぶんかい》されそうになり、
そして――〝銀〟の腕が自分の胸から飛び出して、フィレスの胸を貫いた。
(なにが、起きてる!?)
起きていることの全てを、分かって、分かっているからこそ、分からない。
(どうして、なぜ、僕は、こうなってる!?)
悠二は驚愕《きょうがく》に痺《しび》れた唇《くちびる》ではなく、心だけで絶叫していた。
今までも度々《たびたび》、彼は自身の宿す『零時迷子《れいじまいご》』に驚かされ、また恐怖させられてきたが、これはその中でも最たるものだった。

自分の中から、違うモノが現れ、蠢《うごめ》いている。しかも、知らないなにかではない。他にこんなモノが在るわけがなかった。間違いなく『弔詞《ちょうし》の詠《よ》み手《て》』マージョリー・ドーが数百年の長きに渡って追い続けてきたという、復讐《ふくしゅう》の対象《たいしょう》にして謎《なぞ》の〝徒《ともがら》〟、〝銀〟だった。

それの腕が、自分を殺そうとしたフィレスの胸を、貫《つらぬ》き通している。

掛け値なし、絶体絶命《ぜったいぜつめい》の危機から、逃れることができたのか、できていないのか。

本当に、分からなかった。

そんな、ただ呆然《ぼうぜん》と情景《じょうけい》に見入る人形となっていた彼の自失《じしつ》を、

「——だ、れッ」

口から血のように琥珀《こはく》色の火《ひ》の粉《こ》を零《こぼ》す、フィレスが覚ました。

「おまえ、は……!」

手甲《てっこう》のはまった両の手で、愛する男の代わりに現れた化け物の腕を、握り潰《つぶ》さんばかりに強く取る。その拳《こぶし》を中心に風が集まり、風に琥珀色の輝きが混ざってゆく。

「誰、なの——!!」

悠二《ゆうじ》も感じる、怒りと攻撃の気配。

それに反応してか、彼女の背に貫き通されていた腕、先端《せんたん》の掌《てのひら》が、ガッと開かれた。

悠二は、思わず呻《うめ》く。

「ぐうっ!?」

胸に生《は》えた腕を伝って、新たな力が全身へと流れ込んでくる。まるで自分が本当に、喩《たと》え通りの容れ物になったかのような、おぞましい感触《かんしょく》だった。

(フィレスの力を、吸い込んでるの、か……!!)

周囲に渦巻《うずま》いていた風が突如《とつじょ》として静まり、琥珀の輝きが薄まる。フィレスが力を失うとともに、風を操《あやつ》る自在法《じざいほう》『インベルナ』の統制《とうせい》力が弱まっているのだった。

「あ……ヨー、ハン……!!」

それでもフィレスはもがく。中にあるはずの宝具《ほうぐ》『零時迷子《れいじまいご》』、中にいるはずの愛する男を求め、歪《ゆが》んだ西洋鎧《せいようよろい》の腕へと、半《なか》ば体をもたせ掛けるようにすがりつく。

が、鎧の隙間《すきま》、吹き上がる銀の炎《ほのお》の奥には、ただ無限に落ち窪《くぼ》んで行くかのような虚空《こくう》が覗《のぞ》くばかりだった。

悪寒《おかん》に苛《さいな》まれる中、悠二は、

(だめ、だ……なに、してるんだ、このまま、じゃ……力が、吸い尽くされる!!)

自分を消そうとした、そのために自身の友人をも欺《あざむ》いた眼前の〝王〟の惨状《さんじょう》を、それでもだめだと――あってはならない危機だと感じていた。

フィレスは絶対に引かない。その身が破滅《はめつ》しようとも、愛するヨーハンを求める。誰もが痛感したばかりの執念《しゅうねん》が、今まさに彼女を滅ぼそうとしていた。

悠二《ゆうじ》は掠《かす》れた声で、

「……離れ……て」

殺されつつある者が殺しつつある者に言うこと、絶対に聞き入れられないと分かっていて言うこと、二つの愚《おろ》かしさを自覚してなお、言う。

案《あん》の定《じょう》、

「い、や——ヨーハン！」

引かず諦《あきら》めず叫ぶ、

「ここに……ここに、貴方《あなた》が——!?」

そのフィレスが、下方に離れた。

ズボッ、と嫌な音がして、鎧《よろい》の腕が彼女の胸から抜ける。

「あ、ぐうっ!?」

苦痛に歯を食い縛《しば》る彼女の足に、一条《いちじょう》のリボンが絡まっていた。

死へとまっしぐらに盲進《もうしん》していた彼女を引き剝《は》がした、そのリボンを下から引いているのは、考えるまでもない、『万条《ばんじょう》の仕手《して》』ヴィルヘルミナ・カルメル。

彼女は既に、細い目線《めせん》だけを開けた狐《きつね》のような仮面《かめん》、神器《じんぎ》〝ペルソナ〟の内へと千々《ちぢ》の表情を隠《かく》し、その縁《ふち》から鬣《たてがみ》のように無数のリボンを伸ばす戦装束《いくさしょうぞく》となっていた。

この可憐《かれん》不思議《ふしぎ》な屹立《きつりつ》の傍《かたわ》ら、リボンで形成された籠《かご》のような防御陣《じん》の中には、動ける佐藤《さとう》と田中《たなか》、動かない吉田《よしだ》らが諸共《もろとも》に囲われ、守られている。

刹那《せつな》それらを見た悠二の前から、

「あ――――！」

絶望そのもの、というフィレスの顔が遠ざかり、代わりに、

「**あんたは何方《どなた》!?**」

「**兵隊だあ!!**」

陽気かつ凄《すご》みの利いた声、軽薄《けいはく》なキンキン声、二つが連なり降りかかってきた。

「!!」

悠二が目線《めせん》だけで仰いだ先に、寸胴《ずんどう》の獣《けもの》のような群青《ぐんじよう》色の炎《ほのお》の衣〝トーガ〟を纏《まと》った『弔詞《ちようし》の詠《よ》み手《て》』マージョリー・ドーが舞い上がっている。

「**なにをお望み!?**」

「**酒一杯!!**」

高度な自在法《じざいほう》を制御する即興《そつきよう》の呪文《じゆもん》、『鏖殺《おうさつ》の即興詩《そつきようし》』の切れとともに、悠二の周囲を、円形の自在式《しき》が十重《とえ》二十重《はたえ》に取り巻いた。

思わず息を呑み硬直《こうちよく》する彼に向けてマージョリーが、

「死にたくなかったら、ジッとしてなさい！」

同時に、フィレスの攻撃による負傷を押して、紅蓮《ぐれん》の双翼《そうよく》を燃やし飛び上がったシャナに向

けてマルコシアスが、

「攻撃じゃねえ！　邪魔立《じゃまだ》ては無用だぜえ!?」

それぞれ叫ぶ。

（そうよ）

マージョリーの感情は轟然《ごうぜん》と燃え上がって、しかし以前の、悠二《ゆうじ》が銀の炎《ほのお》を顕《あらわ》したときのような忘我《ぼうが》の狂騒《きょうそう》に駆られてはいなかった。

（もう狂気に酔ってなんかいられない——これこそ私の求めてたものなんだから!!）

（おうさ）

彼女に異能《いのう》の力を与える〝紅世《ぐぜ》の王〟、〝蹂躙《じゅうりん》の爪牙《そうが》〟マルコシアスも、己《おの》が相棒《あいぼう》の在るべき姿、誇らしき姿に、声なき快哉《かいさい》をあげる。

（今が女の正念場《しょうねんば》、ってとこよ！　我が麗《うるわ》しのゴブレット、マージョリー・ドー!!）

さらなる即興詩《そっきょうし》、

「**お金は何処《どこ》に!?**」

「**置いてきたあ!!**」

朗々軽妙《ろうろうけいみょう》な声に連れて、世に名高き自在師《じざいし》たる彼女らの知り得る限り、思い付く限り、集めた限りの走査《そうさ》と捕縛《ほばく》の自在法《ほう》が次々と、数百年の時を超えて遂《つい》に巡り合えた仇敵《きゅうてき》〝銀〟を厳重《げんじゅう》に取り囲んでゆく。

この中、今度は群青色《ぐんじょう》に輝く球形の自在法で、再び宙へと浮かべられた悠二は、

(まだ、だ)

自身がどうなるのかという不安、自在法に危険はないのかという懸念《けねん》、周りの人たちがどうなったのかという心配、いずれも抱いていなかった。

あるものは、ただ恐怖。

どこというわけではない体の中に蠢《うごめ》くモノ——腕だけを見せている〝銀〟が、たった今《いま》フイレスから吸い込んだ〝存在の力〟によって、さらなる顕現《けんげん》を行おうとしている、自分の体から這《は》い出そうとしている、その恐怖だけを総身《そうみ》に感じていた。

「ぐ、あ……」

まるで決壊《けっかい》した堤防《ていぼう》から濁流《だくりゅう》が漏れ出すような、
まるで喰い破られた傷口から血が噴出《ふんしゅつ》するような、
そんな不気味《ぶきみ》な力感が、腕の生《は》えた胸を蝕《むしば》んでゆく。

「悠二!」

自在法による球のすぐ外に、紅蓮《ぐれん》の炎髪灼眼《えんぱつしやくがん》と双翼《そうよく》を燃え上がらせて浮かぶ少女の姿があった。青ざめた顔には、強く凛々《りり》しい常の彼女には在り得ない、怯《おび》えが見えた。

こんな顔はさせたくない、させまいと思い励《はげ》んできた悠二は、

「つだ……」

だめだ、と叫ぶことすらできない自分に歯噛《はが》みしかけ……その辛《つら》さと悔《くや》しさと苦悶《くもん》を必死に力へと変えて、絶叫《ぜっきょう》した。

「ツシャナ!! 離れて――」

「!!」

見開かれた灼眼《しゃくがん》が、自分への気遣《きづか》いと状況への判断から、宙へと距離を取る、そのことに僅《わず》か確かな満足を得た、

瞬間、

「――う、う!?」

胸からの不気味《ぶきみ》な力感《りきかん》が一気に激しさを増す。嘔吐《おうと》とも消耗《しょうもう》とも違う、まるで腸《はらわた》がごっそりと抜け落ちるような嫌悪感《けんおかん》とともに、

それは胸からまろび出た。

銀の炎《ほのお》を頭上の頂華《ちょうか》に噴《ふ》き上げる、ひしゃげた兜《かぶと》。

そのまびさしの下は、やはり底なしに広がる虚空《こくう》。

声はなく、ただ銀の炎の燃え盛る音だけがあった。

「――!!」

驚愕《きょうがく》と恐怖に慄《おのの》く悠二《ゆうじ》の見る下、首と肩、右腕のみを現した〝銀〟は、引き剝《は》がされたフィレスをか、それともたった今《いま》離れたシャナをか、獲物《えもの》を求めるように、腕を遮二無二《しゃにむに》前へと伸ばし、指を掻《か》くように蠢《うごめ》かし、首を迫《せ》り出しもがく。

ほんの数ミリずつ、しかし確実に、〝銀〟は胸から這《は》い出つつあった。

悠二は、その顕現《けんげん》の領域《りょういき》が広がるに連れ、今まで感じたことのない、自分が削《けず》り取られてゆくような悪寒《おかん》を覚える。

「や、め——」

と唐突《とうとつ》に、

バチッ、と火花が弾《はじ》けるのにも似た音が鳴って、〝銀〟の首に腕に肩に、奇怪《きかい》な文字列からなる群青《ぐんじょう》色の自在法《じざいほう》が、捕《と》り縄《なわ》のように絡みついた。

「っ捕らえた!!」

「っしゃあ!!」

マージョリーが、マルコシアスが、トーガの中から会心《かいしん》の叫びをあげる。

「そのままよ、そのまま……」

トーガの獣《けもの》が両腕を前に突き出して、悠二と〝銀〟を丸ごと、遠くから摑《つか》み取るように、太い指をゆっくりと握り込む。呼応《こおう》して、彼らを包む自在法の球が僅《わず》かに凝縮《ぎょうしゅく》、〝銀〟を絡め捕る自在法の文字列も強く太く、その輝きを増してゆく。

悪寒《おかん》の進行から一時的に逃れることのできた悠二《ゆうじ》は、

「はぁ、はぁ——」

荒い息を整えながら、束縛《そくばく》を受けてなおギシギシとうなる、『自分から生《は》えた化け物』を眺《なが》める余裕《よゆう》をようやく得た。

(こいつ、なんだ？)

今までに出会った、どの〝徒《ともがら》〟とも違う……そんな直感があった。

これには、マージョリーから聞いた、鎧《よろい》の間から這《は》い出す虫の脚《あし》も、他者を嘲笑《あざわら》うような無数の目もない。それどころか、

(なかみがない)

自分で思った、そのなんでもない言葉から、連想が広がる。

(こい、つ)

違いが、うっすらと見えた気がした。

悠二がこれまで出会ったあらゆる〝紅世《ぐぜ》の徒《ともがら》〟は、欲望に根ざす強烈な意思《いし》を世に人に、あるいは己《おのれ》に向けて、猛然《もうぜん》と生きる道を切り拓《ひら》くように戦っていた。しかし、この〝銀〟には、その生きる力感《りきかん》の厚みや、道を踏みしめてきたという傲然《ごうぜん》たる証《あかし》——『自我《じが》』が、『思考《しこう》』が、感じられなかったのである。

まるで、今見せている一つの行動しか持っていない、単純な機械のような……

（なんなんだ、おまえ、は⁉）

胸に湧《わ》いた深刻《しんこく》な疑問を解く糸口《いとぐち》が、

「ユージ！」

自在法《じざいほう》で〝銀〟を押さえつけるマージョリーからの声として投げかけられた。

「探査《たんさ》の式を繋《つな》ぐわよ！　あんたの鋭敏《えいびん》な感覚で掴《つか》めるだけ掴んで‼」

以前の暴走時《じ》に見られた狂態《きょうたい》は、欠片《かけら》もない。自分の仇敵《きゅうてき》を、殺すために調べ尽くそう、という冷徹《れいてつ》な気概《きがい》が、氷のように炎《ほのお》のように滾《みなぎ》っていた。その一《いち》作業、球形の自在法から、鞠《まり》の糸を解《ほど》くように、細い式を少年の指に絡める。

（さあて）

マージョリーは、数百年もの間、追い続けてきた本当の敵を前に、刹那《せつな》の甘美《かんび》な衝動《しょうどう》――自在法を組み替え、少年もろともに爆砕《ばくさい》する――と必死に戦う。

（まだよ、まだ）

ここで焦っては全てが台無《だいな》し。神出《しんしゅつ》の登場と同様、鬼没《きぼつ》の退場を許す可能性が、まだ残っている……それだけが、猛獣《もうじゅう》たるの心に、ギリギリの線で手綱《たづな》を引かせていた。

（なにをするにも、全てを捕らえてから）

彼女は実際のところ、フィレス到来《とうらい》による一連の騒動《そうどう》に感謝していた。ほんの昨日《さくじつ》、坂井《さかい》悠二が銀の炎を出したことで引き起こされた、我を忘れるほどの逆上《ぎゃくじょう》……それを戒《いまし》めと心に刻んだ途端《とたん》の、本命たる仇敵《きゅうてき》〝銀〟自身の出現。全てが自分のために準備された、とすら思える、絶妙《ぜつみょう》な事態《じたい》の進展である。感謝しないわけがなかった。

(全てを、私の全てを、今こそ突き止め、砕いてやる!!)

逆に、この事態の進展に、苦しみ抜いている女性がいる。

他でもない、フィレスの友として彼女を保護し——結果、無残《むざん》にも裏切られたヴィルヘルミナである。

彼女は今、消滅《しょうめつ》の危機から危うく救い出したフィレスを抱え、高校の屋上《おくじょう》出口上に舞い戻っていた。その腕の中、胸を貫《つらぬ》かれ力を吸い取られてなお、暴れに暴れている友へと、懸命《けんめい》に呼びかける。

「フィレス、落ち着くのであります!」

が、無論《むろん》のことフィレスは、聞く耳など持たない。

「はな、して——!!」

取り乱し、虚空《こくう》に浮く少年を、その中にいるはずの愛する男を求めて、力なき腕をどこまでも伸ばそうとする。

その様《さま》に、今は仮面《かめん》の姿を取る神器《じんぎ》〝ペルソナ〟から、彼女と契約する〝紅世《ぐぜ》の王〟、〝夢幻《むげん》の冠帯《かんたい》〟ティアマトーが短く、冷徹《れいてつ》な呟《つぶや》きを漏らした。

「拘泥《こうでい》疑問」

いつまでフィレスとの友情にこだわっているのか、という糾弾《きゅうだん》である。

「……っ!!」

ヴィルヘルミナも、そんなことは分かっていた。分かっていて、それでも捨てられない。マージョリーによって打開策《だかいさく》が見出されるまではと、放せば死へと突進するに違いない友を必死に抱きとめ、制止する。

「フィレス、お願いだから……!」

その傍《かたわ》ら、リボンによって織り成された網状《あみじょう》の防御陣《じん》の中には、封絶《ふうぜつ》の作用で止まった吉田《よしだ》を抱える佐藤《さとう》と、硬く目を閉じて蹲《うずくま》る田中《たなか》――マージョリーの渡した栞《しおり》により、外れた世界を感じる少年二人の姿があった。

一方、

「アラストール、あれのこと、なにか分からないの?」

どうにか小康《しょうこう》状態を得たらしい悠二《ゆうじ》を捕らえて浮く球に、ややの距離を置いて宙に在るシャナは、自らの胸元へと、心配げな目線《めせん》を落とす。

「む――話に聞いたとおりの〝徒《ともがら》〟だが」

答えたのは、黒い宝石に交差する金の輪を意匠《いしょう》されたペンダント。シャナに異能《いのう》の力を与える〝紅世《ぐぜ》の王〟、〝天壌《てんじょう》の劫火《ごうか》〟アラストールの意思《いし》を表出《ひょうしゅつ》させる神器〝コキュートス〟である。彼の、常は貫禄溢《かんろくあふ》れる遠雷《えんらい》のような声にも、今は困惑《こんわく》の揺らぎが混じっていた。

「やはり、噂《うわさ》の端《はし》すらも聞き知った覚えはない」

「悠二《ゆうじ》、大丈夫よね？」

「……」

答えようのない問いには、当然無言《むごん》が返ってくる。

馬鹿なことを言ったとシャナは僅《わず》かに恥じ、悠二を見つめた。

封絶《ふうぜつ》の空に浮かぶ自在式《じざいしき》の球の中、苦悶《くもん》の表情を浮かべつつ、マージョリーから渡された自在式で自身の内から現れた化け物の正体を探る少年——彼を遠く取り囲んで時折炎《ときおりほのお》を立ち上らせる陽炎《かげろう》のドーム——下方に広がり静止する御崎《みさき》高校清秋祭《せいしゆうさい》——それら光景の全てが、

「——」

突然、見えなくなった。

「——な」

二人の間に、ざらついたコンクリートの塊《かたまり》にも似た巨大な、臙脂《えんじ》色の物体が高速で落下、視《し》界《かい》一面を塞《ふさ》いだのである。

「に!?」

驚く頭上から膨大《ぼうだい》な質量《しつりよう》が一斉《いっせい》に降りかかってくる、その怖気《おぞけ》を誘う風切り音をシャナは感《かん》知《ち》、反射的にかわす。

「っ!?」

紅蓮《ぐれん》の双翼《そうよく》、その端を掠《かす》めて新たな、恐ろしく巨大な物体が落下してきた。

直下のグラウンド、生徒たちでごった返す清秋祭の会場を大きさ重さで押し潰《つぶ》し、静止する人々の欠片《かけら》を巻き込み跳ねる中、砕けて消えるそれは、四、五メートル角はあろうかという大きさの、臙脂色をした立方体。

「これは？」

危うく避けた、さらに上から一つ、二つ、今度はより大きく、トラックをも軽く一敷《ひとし》きするほどの立方体が、立て続けに落ちてくる。

「まさか――『マグネシア』だと⁉」

アラストールが驚愕《きようがく》した瞬間、

「うあっ⁉」

シャナは頭上から大《だい》圧力を受けた。先の立方体によるものではない。もっと細かで速い、滝の落水に打たれたかのようなこれは、たちまちの内に頭上の赤いリボンを削《けず》り取り、『夜笠《よがさ》』の縁《ふち》をこそげ落とす。なにが起こったのか、咄嗟《とつさ》の状況把握《はあく》ができない。

「ぐ、うっ！」

俄《にわ》かに体中へと襲《おそ》い掛かる強烈な重さと痛みは、フィレスの使う暴風『インベルナ』とも違う、まるで鑢《やすり》がけされるような打撃の濁流《だくりゆう》だった。

その正体と特質を知るアラストールが、対処法《たいしよほう》を叫ぶ。

「下がれ！　この嵐の中に長く留まってはならん!!」

返事どころか頷《うなず》くことすら辛《つら》い中、シャナは、

(なに、これ!?)

ようやく痛みと重さの正体が、全身へと降りかかり、またこびりつく微細《びさい》な粒子《りゅうし》であることに気付いた。『夜笠《よがさ》』の上で、見る間に積もり体積を増してゆく、薄っすらと臙脂《えんじ》に色付く半透明のそれは、

(重、い)

見た目の数十、数百倍はあろうかという異常な重量によって、単純な打撃のダメージのみならず、飛行の足枷《あしかせ》となる重さまで加えてゆく。それでも、

「はあっ！」

気合《きあい》一声、シャナは全身から爆発を生んで、この粒子を振り払った。同時に、紅蓮《ぐれん》の双翼《そうよく》で逆進《ぎゃくしん》の噴射《ふんしゃ》をかける。雪崩《なだれ》落ちる鑢《やすり》の滝から逃れる間も、悠二《ゆうじ》から目を放さない。

距離を取って初めて、『マグネシア』というらしい自在法《じざいほう》の全容把握《ぜんようはあく》が可能になる。それは、悠二を包む自在法の球を、さらに大きく分厚《ぶあつ》く球状に囲い込む、薄い臙脂色の粒子からなる嵐だった。

不幸中の幸いか、悠二に攻撃が加えられている様子《ようす》は見えない。どうやら、彼の周囲だけは無風《むふう》状態にあるらしかった。

シャナが飛び出した反対側から、マージョリーも嵐の威力圏内《いりよくけんない》から脱しており、また下方、屋上にいたヴィルヘルミナも、フィレスや佐藤《さとう》、田中《たなか》、止まった吉田《よしだ》らを連れて、校舎の陰へと退避《たいひ》していた。

小さく安堵《あんど》の吐息《といき》を漏らしたシャナを、

（良かっ――――、……？）

しかしさらなる異変《いへん》が襲《おそ》う。

それは、蛍《ほたる》とも見える、宙を漂う光点。

未《いま》だ恐ろしいまでの勢いで吹き荒れる嵐の周囲を、それだけが場違《ばちが》いにゆるりと舞い、数を増してゆく。明らかに嵐とは違う風の流れを感じさせるほどに増えた瞬間、
それらは一気に光量を増した。

水色に。

「!!」

シャナが眩《まばゆ》さに灼眼《しやくがん》を細める間に、臙脂色の嵐はパッタリと止んでいた。

不意に訪れた静寂《せいじやく》の中、光量を増した水色が無数、滞空《たいくう》している。

紅蓮の双翼で空にあるシャナは、まるで宇宙を漂っているかのような錯覚《さつかく》を抱いた。

と、
トン、

軽い靴音とともに、誰かが、悠二《ゆうじ》の頭上に降り立った。

物体ではない、球形に展開された自在式《じざいしき》でしかない、その上に平然《へいぜん》と、どこからともなく、一人、降り立っていた、
白く大きなと帽子《ぼうし》とマントに着られるような、小柄《こがら》な少女。

「〝頂《いただき》の座《くら》〟ヘカテー」

マージョリーの声が、微《かす》かに震えていた。

そして、
バサッ、
とまた誰かが、ヘカテーと呼ばれた少女の背後へと舞い降りる。

蝙蝠《こうもり》のように大きく広がる翼《つばさ》、細い尻尾《しっぽ》、ぞろりと伸びた黒髪《くろかみ》、尖《とが》った耳と角、鋲《びょう》を打ったベルトに湾曲刀《わんきょくとう》を備えている、
平凡《へいぼん》なスーツを着た、押しの弱そうな中年男。

「〝嵐蹄《らんてい》〟フェコルー」

アラストールが重く低く、その名を呼ぶ。

シャナも、フレイムヘイズの基礎的な教養として、この二人の名を知っていた。

この世における最大級の〝紅世《ぐぜ》の徒《ともがら》〟の集団における枢要《すうよう》たる〝紅世《ぐぜ》の王〟たち。

訪れた事態《じたい》の、想像以上の広がりと深さへの戦慄《せんりつ》が、知らず集団の名を口にさせる。

「……［仮装舞踏会《バル・マスケ》］……！」

2　別れと別れ

眼前の光景――〝頂《いただき》の座《くら》〟ヘカテーと〝嵐蹄《らんてい》〟フェコルーの出現は、恐るべき自在法《じざいほう》を使う強敵《きょうてき》の襲来《しゅうらい》、という単純な図式《ずしき》に留まるものではない。

これは、今まで推測の一つでしかなかった、『零時迷子《れいじまいご》』と［仮装舞踏会《バル・マスケ》］の間に繋《つな》がりがあること、また、その繋がりには重大な意味が秘められていること、危機的な二つの状況が確定付けられた瞬間でもあるのだった。

巫女《みこ》〝頂《いただき》の座《くら》〟ヘカテーは、［仮装舞踏会《バル・マスケ》］を束ねる三人の強大なる〝紅世《ぐぜ》の王〟――三柱《トリニ》臣《ティ》の中でも特異《とくい》な存在として知られている。組織の実質的な運営者にして、あらゆる陰謀《いんぼう》に手が届くと恐れられる参謀《さんぼう》〝逆理《ぎゃくり》の裁者《さいしゃ》〟ベルペオル、強大な戦闘力を有し、気まぐれに他者を守る依頼に動く将軍〝千変《せんぺん》〟シュドナイらと違い、彼女は自身の名を宣布《せんぷ》することも姿を見せることも極めて稀《まれ》であり、必然的にその真意《しんい》性向《せいこう》も不明瞭《ふめいりょう》とされている。

にもかかわらず、彼女は厳然《げんぜん》と揺るぎなく、三柱臣《トリニティ》の中に在った。どころか［仮装舞踏会《バル・マスケ》］の構成員たる〝徒《ともがら》〟らから、最も大きな尊崇《そんすう》の念《ねん》を向けられてすらいた。外部の者には計り得ない、なにか重要な役割を、どうやら彼女が担《にな》っているらしい……〝頂《いただき》の座《くら》〟の名に畏怖《いふ》の響《ひび》きが含まれる所以《ゆえん》だった。

その彼女が唐突《とうとつ》に、どこからともなく現れた。

しかも、護衛《ごえい》だろう〝嵐蹄《らんてい》〟フェコルーまで連れて。

しょぼくれた外見とは裏腹《うらはら》に、強大な力を持つこの〝紅世《ぐぜ》の王〟は、本来［仮装舞踏会《バル・マスケ》］の本拠地《ほんきょち》たる移動要塞《ようさい》『星黎殿《せいれいでん》』の守りを一手《いって》に引き受けるベルペオルの腹心《ふくしん》であり、ゆえによほどの理由がない限りそこを離れることはない。

彼の同行は、ヘカテーの出現が万《まん》が一《いち》にも彼女個人の気まぐれなどでは在り得ない、［仮装《バル》・舞踏会《マスケ》］にとっての重要な作戦行動であることの証明に他ならないのだった。

その二人を呼び寄せた焦点たるモノがなんであるかは、考えるまでもない。

「悠二《ゆうじ》!!」

宙を無数漂《ただよ》う星の間を、シャナは双翼《そうよく》に紅蓮《ぐれん》の尾を引いて突進する。ヘカテーの足下、マージョリーによる球形の自在法《じざいほう》に囲まれ、止まった〝銀〟を胸から突き出したまま、ようやく自身の存在を繋《つな》ぎとめている少年の元へと。

「待て、シャナ！」

（待てない！）

アラストールの制止を無視する。

（悠二が危ない！）

気は急いていたが、しかし無謀《むぼう》に突っ込んだわけでもない。自分の突進を見て、貧相《ひんそう》な容貌《ようぼう》の〝紅世《ぐぜ》の王〟が怯《おび》えの色を濃くするのが見え、

（来た）

まるで静と乱、世界に区切りがあるように、忽然《こつぜん》と嵐が吹き荒れる。たちまち全身に薄い臙脂《えんじ》色の粒子《りゅうし》がこびり付き、前方からは巨大な立方体が猛烈《もうれつ》なスピードで飛んできた。

「――はあっ！」

シャナは突進の中で注力、全身に轟《ごう》と燃える炎《ほのお》を纏《まと》い、粒子を吹き飛ばす。炎の弾丸《だんがん》と化した身が、さらに大太刀《おおだち》『贄殿遮那《にえとののしやな》』を脇に深く掻《か》い込み力を集中、前方へと、空を貫《つらぬ》く勢いの刺突《しとつ》を繰り出した。

「だっ！」

剣尖《けんせん》から紅蓮が迸《ほとばし》る。これまでの、火炎《かえん》を放射して爆発を起こす形式ではない。力を凝縮《ぎょうしゅく》した、高熱による溶解《ようかい》と擬似《ぎじ》的な実体化による切断《せつだん》を行う、灼熱《しゃくねつ》の大太刀だった。

その、身の丈《たけ》の数倍はあろうかという煌《きらめ》く切っ先《さき》に触れる前に、立方体が蒸発による急速な陥没《かんぼつ》を起こし、飛来《ひらい》の軌道《きどう》を乱す。

斜めに回転してすっ飛ぶこれを、紙一重《かみひとえ》で掻い潜《くぐ》ったシャナは、

「っ!?」

すでに眼前へと迫っていた次の立方体に視界《しかい》を塞《ふさ》がれる。舌打《したう》ちして、再び灼熱《しゃくねつ》の大太刀《おおだち》を振るが、これを一刀《いっとう》、真《ま》っ二《ぷた》つに切り払った先に、また次の立方体——

「くっ！」

前進の速度に攻撃が追いつかない。

圧倒的な質量《しつりょう》のごり押しに、シャナは粘《ねば》り負けした。迫る立方体の先端《せんたん》に足をかけて上昇、燃やしてなお飛行の枷《かせ》となる粒子《りゅうし》の濁流《だくりゅう》、その圏外《けんがい》へと飛び出す。見下ろせば、防御によって押し戻される、という異様《いよう》な事態《じたい》に見舞われているのは、自分だけではない。

同じく嵐の外に出たマージョリーが、

「くぉっのおおおお！」

中から追撃《ついげき》してきた立方体を、トーガの両腕を振るい、打ち砕いていた。

球形の大嵐《おおあらし》は、フレイムヘイズ二人が振り絞《しぼ》った力の名残《なごり》を塵《ちり》ほども留めず、ただ厳然轟然《げんぜんごうぜん》と渦巻《うずま》いている。

「分かったか、シャナ」

事実を体感によって確認し終えた、と判断したアラストールが、再び口を開いた。

「これこそ、〝嵐蹄《らんてい》〟フェコルーの誇る鉄壁の防御陣《じん》『マグネシア』だ」

「でも、悠二《ゆうじ》が——」

シャナはその抜き難さを理解し、ゆえにこそ危機感を抱き、しかし焦らず、戦闘術者《せんとうじゅっしゃ》として周囲の状況から打開策《だかいさく》を見出す。

（——いけるか⁉）

灼眼《しゃくがん》をマージョリーに、続いて下に、鋭く向ける。

次なる打開策をトーガ越しに交わし、その了解《りょうかい》を取ったのだった。普段なら馬の合わない相手であっても、ともに戦えば、ともに戦う間に、強く確かに通い合うものができる。

その誤りのない実感を胸に、再び大太刀一閃《いっせん》、

「はああああっ‼」

今度は練りに練った膨大《ぼうだい》な力を、膨大な量の炎《ほのお》に変えて、全力放射《ほうしゃ》する。

下に。

一方のマージョリーはトーガの両腕を前に突き出して、嵐の中心、囚《とら》われた悠二の周りに張っていた走査《そうさ》の自在式《じざいしき》を、防御の盾《たて》へと組み替える。その一瞬の手順を終えてから、出した腕を引き戻す勢いで腹を大きく膨《ふく》らまし、

「ツガハアアアアア——！」

同じく全力で炎を吐き出した。

やはり下に。

フェコルーは、自身の球形に吹き荒れる嵐『マグネシア』をかすりもせず、下方へと溢《あふ》れ落ちる二つの炎を見、

「むっ⁉」

その先、嵐の下に、広大な絨毯《じゅうたん》と見紛《みまご》う布状《ぬのじょう》の物体が出現していることに気づいた。

これは、校舎の陰に退避《たいひ》した、と見せかけたヴィルヘルミナが、密《ひそ》かに伸ばしたリボンで織り上げ設置していた、援護《えんご》の罠《わな》である。

紅蓮《ぐれん》と群青《ぐんじょう》、二つの炎《ほのお》が雪崩《なだ》れ込んできた瞬間、この絨毯は表面に無数の自在式《じざいしき》を輝かせて起動《きどう》、バネのように解《ほど》け弾《はじ》けて、上空にある巨大な球型の嵐『マグネシア』を、丸ごと包み込む。粗《あら》く編んだ籠《かご》、あるいは球形の檻《おり》と化したそれは、燃え移った二色の炎を自在式によって増幅循環《じゅんかん》させて、擬似《ぎじ》的な溶鉱炉《ようこうろ》と化した。

自在法《ほう》『マグネシア』を構成する臙脂《えんじ》色の粒子《りゅうし》は、この全周《ぜんしゅう》から迫る二色の猛火《もうか》に焼かれ炙《あぶ》られ、見る見る内にそのサイズを収縮《しゅうしゅく》させてゆく。

(よし！)

シャナはこの機を逃さず、さらなる攻勢に出た。紅蓮の双翼《そうよく》を爆発のように吹かし、また全身を灼熱《しゃくねつ》の炎に包んで、溶鉱炉の粗い目から覗《のぞ》く嵐の中へと突撃《とつげき》する。

反対側からマージョリーも、

(行くわよ！)

(おうさ！)

挟撃《きょうげき》を狙い、トーガをより燃え立たせて、同じく中へと飛び込んだ。

一方、自分たちを囲んで縮む炎の檻の中心、

「大御巫《おおみかんなぎ》」

フェコルーは前に在る少女、死守《ししゅ》命令を受けた護衛《ごえい》対象へと目を落とす。その動く気配がないことを確認してから、初めて表情を険しく変え、両腕を胸の前で一旦《いったん》交差、力を溜《た》めてから横いっぱいに広げた。

「――ぬん!」

瞬間、
粒子の濁流《だくりゅう》ではない、ざらついた質感を持つ物体が、一挙《いっきょ》に炎の檻を中から突き破り、球状に膨《ふく》れ上がった。

「なっ⁉」

驚愕《きょうがく》するシャナとアラストール、さらには泡《あわ》を食うマージョリーとマルコシアス、急ぎ抱え込む皆を守って飛びのくヴィルヘルミナとティアマトーらに、その膨れ上がるものは追いすがり、またすぐ乾いた砂像《さぞう》のように砕けて消える。

「離れろ!」

フェコルーは自身を中核《ちゅうかく》に、炎の溶鉱炉の破壊《はかい》力を上回ってなお有り余る……御崎《みさき》高校の校庭を押し潰《つぶ》すどころか、校舎さえ半壊《はんかい》させるほどの体積を持つ球体を、ほんの一拍で生み出し、全ての攻撃を中からの防御によって打ち破ったのだった。その消えた後には、彼が守りきった

広大な空間だけが残っている。

自在法《じざいほう》『マグネシア』——まさしく鉄壁《てっぺき》を誇る、防御の力だった。

その恐るべき使い手たる〝嵐蹄《らんてい》〟フエコルー当人は、まるで書類《しょるい》整理を終えた会社員のように、後れ毛で隠《かく》した広い額《ひたい》をハンカチで拭《ぬぐ》い、一息つく。

「ふう——大御巫《おおみかんなぎ》、お早く処置を。強面《こわもて》三人が相手で、少々気を遣《つか》います」

今まで氷像《ひょうぞう》のように静止していたヘカテーが、ようやく唇《くちびる》からの動きを見せた。

「分かりました」

頷《うなず》いて、[仮装舞踏会《バル・マスケ》]の巫女《みこ》は、手にする大杖《だいじょう》『トライゴン』下端《かたん》の石突《いしづき》で、自身の立つ場所、悠二《ゆうじ》を取り巻いて守る自在法の球を、軽く叩《たた》く。

シャーン、
と透《す》き通った音が辺りに響《ひび》いた瞬間、

「なっ!?」

マージョリーが思わず叫んだほどに呆気《あっけ》なく、悠二を守る球、世に名高き自在師《し》たる彼女の張り巡らせた幾十重《いくとえ》もの自在法が、粉々《こなごな》に弾《はじ》け飛んでいた。

悠二の内から顕現《けんげん》しつつあった〝銀〟を、危うく縛《しば》り付け制止していた式も、同様に。

「悠二!!」

シャナが叫んで飛び出す、

悠二が再び蠢《うごめ》き始めた〝銀〟に慄《おのの》く、
マージョリーが新たな自在式《しき》の構成を練る、
ヴィルヘルミナが数十のリボンを槍《やり》として伸ばす、
フェコルーが『マグネシア』を発生させんと掌《てのひら》を出す、
その間に、
ヘカテーが再び『トライゴン』の石突で、蠢く〝銀〟の兜《かぶと》を軽く叩いていた。
シャーン、
とまた遊環《ゆうかん》が鳴る。
その余韻《よいん》に重なる平淡《へいたん》な声の元、
「どうぞ、お退《ひ》きを」
皆の見る前で、
〝銀〟の鎧《よろい》が砕け、飛び散った。
溢《あふ》れ出し、燃え尽き、広がり薄れてゆく銀色の炎《ほのお》の中、己《おの》が身を蝕《むしば》んでいた力の滅失《めっしつ》を感じた悠二は、最も根源的な意味での安堵《あんど》を得て、放心《ほうしん》状態となった。
その、彼の胸に、

「宝具《ほうぐ》に、刻印《こくいん》を」

くるりと返された大杖《だいじょう》の先端《せんたん》が、ズン、と突き込まれた。

「つぐあ!?」

全くの不意《ふい》打ち。

三角形の錫杖頭《しゃくじょうとう》ごと胸に埋まった先端《せんたん》を、悠二《ゆうじ》は人間の体にではなく、〝ミステス〟の存在に感じていた。自分の遥かな奥、秘められた宝具へと、それが一息に届いたことも。

数え切れないほどに名を聞き、現象《げんしょう》にも力にも救われていながら、未《いま》だ形すら知らない、自分を構成する全てといっていい宝具『零時迷子《れいじまいご》』に、届いた大杖の先端から迸《ほとばし》った力が一撃《いちげき》、

「つう、あ!?」

焼印《やきいん》を押し付けられるような激痛《げきつう》を与えた。

さらにヘカテーは、先と全く同じ平淡《へいたん》な声で、

「容れ物の、分解《ぶんかい》を」

悠二を消す、と宣言する。

「!!」

恐怖に凍り付く悠二の周りで、三人のフレイムヘイズらはなんの策応《さくおう》もなしに動いた。

突っ込むシャナを見たフェコルーが、新たに『マグネシア』を展開しようとした瞬間、

「**どこぞに失《う》せろ――**」

マージョリーは弔詞一拍《ちょうしいっぱく》、ヘカテーに砕かれた、しかし未だ宙に漂わせていた無数の自在式《じざいしき》の欠片《かけら》を拡大、割れたガラス片のような視覚《しかく》の撹乱《かくらん》へと組み替えた。狙いは当然、自分の自在式を軽々《かるがる》と破ったヘカテーではない。

その標的《ひょうてき》・フェコルーは、

「な、なな!?」

視界《しかい》の内を、無数のヘカテーと無数の封絶《ふうぜつ》のドームと無数のマージョリーと無数の自身の姿と無数の悠二と無数のシャナと無数の火線《かせん》走る地面で埋め尽くされた。回る万華鏡《まんげきょう》に閉じ込められたような混乱の中、

「――うすら、**馬鹿!!**」

とどめの弔詞を受けた鏡面《きょうめん》が一斉《いっせい》に砕けて閃光《せんこう》が炸裂《さくれつ》、目を眩《くら》ませた。

「ぬおわあっ!」

唯《ただ》一つ、悠二の指に絡んだ細い自在式だけが、砕かれずに残っている。

それは、悠二を辛《かろ》うじて宙に留め置く、走査《そうさ》の自在式の残滓《ざんし》たる、力。

マージョリーが意図せぬまま、なぜか残って指に絡んでいる、力の塊《かたまり》。

翻弄《ほんろう》されるフェコルーは、まずなによりも、守るべきヘカテーを『マグネシア』に巻き込む

ことを恐れ、眩《くら》んだ目を押して辺りを見回す。その足に、

「つお」

遂《つい》に届いたヴィルヘルミナのリボンが巻き付き、宙に浮かんでいる彼を高速でひっくり返していた。

「おおっ——!?」

焦るその胸中《きょうちゅう》に、己《おの》が身命《しんめい》の危機だけではない、より恐ろしい、上官《じょうかん》の信頼を裏切ることへの恐怖が湧《わ》く。

(大御巫《おおみかんなぎ》の元を、離れるわけには……!!)

現状からの逃避《とうひ》、災難《さいなん》の拒絶《きょぜつ》、今在《いま》る身への執着《しゅうちゃく》、明確な戦意《せんい》が、全てを複雑に混じらせ荒れ狂い、大きな事象《じしょう》への干渉《かんしょう》を発生させる。

生み出した微細《びさい》な粒子《りゅうし》を意思《いし》のままに流動循環《じゅんかん》させ、また瞬時《しゅんじ》に凝固《ぎょうこ》させて巨大な物体を作り上げる防御の自在法《じざいほう》『マグネシア』である。

「お、のれ——!」

フェコルーは自分の足に巻きついて、宙に浮かぶ姿勢を出鱈目《でたらめ》にかき回すリボンへと、

『マグネシア』によって発生させた巨大な立方体を放った。

その質量《しつりょう》と速度のごり押しによって、リボンはひとたまりもなく引き千切《ちぎ》られる。

「はあっ、はあっ」

ようやく空中での翻弄《ほんろう》から解放されたフェコルーは、しかしまだ『マグネシア』の大嵐《おおあらし》を展開しない……否、展開できなかった。ヘカテーの位置も確認しないまま、粒子の濁流《だくりゅう》を発生させて、万《まん》が一《いち》、守るべき彼女を巻き込んでしまったら本末転倒《ほんまつてんとう》である。

マージョリーとヴィルヘルミナによるフェコルー攻撃の成果は、この、彼が引き落とされた数メートルの距離、別の攻撃対象《たいしょう》への『マグネシア』の指向、ヘカテーを見失うことによる混乱という、時間にして僅《わず》か数秒の隙《すき》でしかなかった。

しかし、それだけで十分だった。

二人は、それをこそ欲していた。

シャナの攻撃を援護《えんご》するために。

二人のフレイムヘイズの作った隙に乗じて、全身を紅蓮《ぐれん》に燃え上がらせた『炎髪灼眼《えんぱつしゃくがん》の討《う》ち手《て》』は三度《みたび》の突撃《とつげき》を、悠二《ゆうじ》に大杖《だいじょう》を突き込んでいる、悠二を殺そうとしている［仮装舞踏会《バル・マスケ》］の巫女《みこ》に向かって、敢行《かんこう》していた。

気付いたヘカテーは、容れ物の分解《ぶんかい》に特段《とくだん》の執着を示すこともなく、その胸から錫杖頭《しゃくじょうとう》を引き抜いた。漣《さざなみ》のようにたおやかな声で、

「――『星《アステル》』よ」

と唱え、大杖『トライゴン』を、まっしぐらに飛来《ひらい》するフレイムヘイズへと振り向ける。

シャヤーン、

と遊環《ゆうかん》の奏《かな》でる透《す》き通った音とともに、宙から閃《ひらめ》き出《いで》た、明るすぎる水色の光弾《こうだん》が数十、まるで流星群《りゆうせいぐん》のように乱れ飛んだ。

悠二《ゆうじ》の指に絡んでいた自在式《じざいしき》が、組み替わる。

(な、んだ……?)

組み替わって、腕へと体へと絡み付いてゆく。

複雑な曲線軌道《きどう》を描いて襲《おそ》い来る水色の星々を、シャナは紅蓮《ぐれん》の双翼《そうよく》でかわし、大太刀《おおだち》『贄殿遮那《にえとののしやな》』で切り裂いて進む。ただただ前に向かう、その意志の強さが、全身に力として満ち溢《あふ》れていた。

と突然、光弾『星《アステル》』が、凝縮《ぎようしゆく》されていた光を解放するかのように数個、爆裂《ばくれつ》した。

しかしシャナは腕を一振《ひとふ》り、

「つは!」

その爆圧《ばくあつ》を真正面《ましようめん》から、もはや炎弾《えんだん》とはいえない紅蓮の大波の掃射《そうしや》で相殺《そうさい》、どころか圧倒する。水色と紅蓮、力がぶつかり合い混じり合う乱流の中を、自身を包む炎《ほのお》で突き破り――

急に視界《しかい》が開けた正面至近《しきん》、

「だあっ!!」

端然《たんぜん》と宙に佇《たたず》む白装束《しろしょうぞく》の巫女《みこ》に、大太刀《おおだち》『贄殿遮那《にえとののしゃな》』渾身《こんしん》の斬撃《ざんげき》を振り下ろす。

対するヘカテーは、舞うように可憐《かれん》な仕草《しぐさ》で両手を大杖《だいじょう》『トライゴン』に添《そ》え、

「――」

その流れの赴《おもむ》くまま、斬撃を真《ま》っ向《こう》、受け止める。

ドンッ、
と見えない力と力の衝突《しょうとつ》が、重《じゅう》低音となって一帯の空気を震わせる。

儚《はかな》げな外見からは想像もつかない確かな体術《たいじゅつ》、支える強靭《きょうじん》な膂力《りょりょく》を持つ〝紅世の王〟に、
シャナは歯を食い縛《しば》って大太刀を押し込む。

「くっ……！」

「――『星《アステル》』よ」

ヘカテーは呟《つぶや》いて、双方《そうほう》視線の交わる一点に光弾を生み出し、放つ。

「っ！」

シャナはその、ほとんど零《ゼロ》距離からの射撃《しゃげき》を、驚異《きょうい》的な反射でかわした。押し込む力を抜くことで仰《の》け反《ぞ》り、そのまま斜め縦《たて》に鋭く回転して、ヘカテーが大杖を差し出すために上げていた腕の下、右の脇腹《わきばら》から逆袈裟《ぎゃくけさ》に斬《き》り込む。

ヘカテーは、広がるマントの下から来る必殺の斬撃に僅《わず》か反応を遅らせ、しかし辛《かろ》うじてかわした。一陣《いちじん》、マントの端《はし》を斬撃が駆け抜け、その衝撃《しょうげき》に煽《あお》られたかのようにクルクルと空を

舞って距離を取る。その間も、退避《たいひ》を援護《えんご》するための光弾『星《アステル》』が数十、撃《う》ち放たれていた。頬《ほお》を掠《かす》めて過《よ》ぎる、あるいは至近《しきん》で爆発する水色の流星群《りゅうせいぐん》の中を、シャナはなおも突き進む。

ヘカテーが悠二《ゆうじ》から離れた距離を、さらに大きく開けるため、再び紅蓮《ぐれん》の波による掃射《そうしゃ》を発した。

「はあっ!!」

「――っ!」

ヘカテーはこれを避けるため、小さな身を後方へと軽く舞わす。

不意に悠二の、混濁《こんだく》する意識の中に、触れるものがあった。

(誰、だ?)

半身から虚無《きょむ》にも似た痺《しび》れが広がり、片方の目が、光を失っていく。

一分にも満たないシャナとヘカテー、命の際《きわ》を渡る交錯《こうさく》の間、
ヴィルヘルミナによって振り回され、見当違《けんとうちが》いな場所で宙をふらついていたフェコルーは、ようやく護衛《ごえい》対象の位置を再《さい》発見していた。その心中《しんちゅう》で、さらなる恐怖が湧《わ》き上がる。

(は、わわ)

よりにもよって三柱臣《トリニティ》の巫女《みこ》に太刀打《たちう》ちなどさせてしまった。シャナの逆袈裟《ぎゃくけさ》斬りで、彼女

のマントに一線《いっせん》の切れ目まで入っている。

（まままままずい）

彼女は万《まん》が一億《いちおく》が一にも失ってはならない組織の核《かく》である、自分はそのためにわざわざ付けられた護衛だというのに、あえて大軍を送らず自分一人に任せた参謀《さんぼう》の信頼も失墜《しっつい》してしまう等々の、職制《しょくせい》から来る危機感だけが理由ではない。

もっと直接的な、絶命《ぜつめい》への恐怖だった。

（もし、もしこのことが将軍閣下《かっか》に知れたら）

普段は鷹揚《おうよう》にして寛厚《かんこう》な猛獣、三柱臣《トリニティ》の一柱《ひとはしら》たる将軍〝千変《せんぺん》〟シュドナイは、ヘカテーの身の安全について、異常なまでに過敏《かびん》なことで知られている。これまでも、彼女の数少ない外出の機会で、その身に僅《わず》かでも危険を与えた〝徒《ともがら》〟や〝王〟（ここには、あの〝探耽求究《たんたんきゅうきゅう》〟ダンタリオンも入る）が幾人《いくにん》も、怒り狂う彼の爪《つめ》に牙《きば》に炎《ほのお》にかかっていた。

本急襲《きゅうしゅう》は、大命遂行《たいめいすいこう》において特に重要な作戦である。しかし、だからといって、無論《むろん》、苦戦《せん》して良いというわけではない。むしろ、より安全に堅実《けんじつ》に事を運ばねばならなかった。

（守らねば‼）

あらゆるものに、その念が振り向けられ、具現化《ぐげんか》する。至近《しきん》で飛び回っている天罰狂《てんばつぐる》いの魔神《まじん》とその道具を内部に取り込む形でもいい、球形の『マグネシア』を構成——

「ごめんよ」

——しようとして、顔面を踏みつけられた。

「つふが!?」

踏みつけて跳《と》んだ、使い込まれた旅装《りよそう》を払った、汚れた外套《がいとう》に風を大きく孕《はら》ました、その何者かは、少年。

「ははっ——外だ!!」

金色の髪を飛翔《ひしよう》に靡《なび》かせ、黒い瞳《ひとみ》を子供のように輝かせ、細い体に壊れるほどの躍動感《やくどうかん》を漲《みなぎ》らせ、生命の鮮やかさを見せ付ける、

それはまるで、少年の結晶。

シャナが、マージョリーが、ヴィルヘルミナが——ヘカテーさえも、驚愕《きようがく》する。

忽然《こつぜん》と、どこからともなく現れたのではない。二人の激突《げきとつ》する傍《かたわ》ら、なす術《すべ》なく宙に浮いていた悠二《ゆうじ》が、落ち葉の裏返るように軽く、変わっていた。

まるで待ち構えていたかのように、周りの状況に戸惑《とまど》わず驚かず立ち現れた少年は、見ることをすら躊躇《ためら》わせる無垢《むく》な笑顔で、ただ一人を呼ぶ。

「フィレス、おいで!!」

瞬間、

ヴィルヘルミナの腕の中に暴風が巻き、

「ヨ、ヨ、ヨーハン!!」

呼ばれた女は至上《しじょう》の喜びを涙と零《こぼ》し、ただ一人の元に飛ぶ。

「こ、のっ!?」

フェコルーが慌《あわ》てて放った幾《いく》つもの『マグネシア』の立方体を、

「──『星《アステル》』よ」

ヘカテーがシャナから標的《ひょうてき》を変え、差し向けた光弾《こうだん》『星《アステル》』の流星群《りゅうせいぐん》を、

「待たせてごめんね、フィレス」

「うん、うん、ヨーハン!!」

軽やかな風のように突き抜け掻《か》い潜《くぐ》った『約束の二人《エンゲージ・リンク》』は、遂《つい》にその手を結び合った。

子供のように首にすがりつくフィレスの髪を優しく撫《な》で付けながら、『永遠の恋人』ヨーハンは、琥珀《こはく》色の風を外套の周りに巻き起こし、なおも続く追い討《う》ちをかわす。

「やれやれ、騒がしいなあ。大事な話がしたいのに」

「ヨーハン、逢《あ》いたかったよぉ……!」

「僕の方がもーっと、逢いたかったさ」

「私の方が」

「僕の方さ」

「私」

「僕」

二人、額《ひたい》を寄せ合いながら攻撃をかわし、睦言《むつごと》を交わしながら宙を舞う。それは、異様《いよう》であればこそ胸を打つ、余人を寄せ付けない恋人の姿だった。

「行こうよ、ヨーハン」

残された力にも構わず、フィレスは『インベルナ』を発動させる。

「空に、だね」

ヨーハンは頭上を……今や悠二《ゆうじ》による銀色ではなく、フィレスによる琥珀《こはく》の炎《ほのお》を過《よ》ぎらせ立ち上る陽炎《かげろう》のドーム、封絶《ふうぜつ》の頂《いただき》を見上げた。全く他者を無視《むし》する、その飛翔《ひしょう》が起きる予兆《よちょう》の中、少年はほんの僅《わず》か、下方、仮面《かめん》をつけた友達へと、笑顔を向けていた。

「――」

それはフィレスに向けるものとは違う、哀《かな》しい笑顔。

唇《くちびる》だけで小さく、しかし確かに彼が言ったのを、ヴィルヘルミナは心に聞いた。

「――ごめんね」

その場にあった者たちが行おうとした制止妨害説得《ぼうがいせっとく》攻撃、全てを振り払って、琥珀の輝きが爆発、二人は封絶《ふうぜつ》の頂から外へと脱していた。

ただ、僅かな火《ひ》の粉《こ》だけを、名残《なごり》に散らして。

「大御巫《おおみかんなぎ》！」

想定外《そうていがい》の事態《じたい》を焦って見上げるフェコルーに、

「戻りましょう」

しかしヘカテーは平淡《へいたん》な声で、あっさり返す。

「ベルペオルが心配します」

「し、しかし……！」

「所定《しょてい》の目的は完遂《かんすい》されました。余事《よじ》はまた、次の機会に」

彼女の言うとおり、〝銀〟の顕現《けんげん》を抑えること、『零時迷子《れいじまいご》』に刻印《こくいん》を入れること、ベルペオルから指示された二つの作業は終わっていた。刻印後《ご》の〝ミステス〟破壊による転移《てんい》は成らず、『永遠の恋人』ヨーハンの出現という変事《へんじ》に見舞われもしたが、それらは大命《たいめい》の障《さわ》りになるような事柄《ことがら》では全くない。

「……はっ」

フェコルーは、ようやくの戦闘《せんとう》終了への露骨《ろこつ》な安堵《あんど》を面《おもて》に表し、頷《うなず》いた。同時に、退去の時を稼《かせ》ぐための『マグネシア』が、再び球形の嵐となって巻き起こる。

「それでは、大御巫《おおみかんなぎ》」

「書庫に同調――」

ヘカテーとフェコルーの周囲に複雑な上にも複雑な、明るすぎる水色の自在式《じざいしき》が渦巻《うずま》き、

「──帰還《きかん》します」

大仰《おおぎょう》な捨て台詞《ぜりふ》、去り際《ぎわ》の決まり文句、いずれも残さず、二人の〝紅世《ぐぜ》の王〟は『マグネシア』と自在式ごと、全く掻《か》き消すように去った。

宙に浮かぶマージョリーは、ようやく警戒《けいかい》を解き、トーガから顔だけを出した。

ヨーハンというらしい少年が脱した後、かけられた声なき声とともに封絶《ふうぜつ》の制御を引き受けたのか、地に燃える火線《かせん》の紋章《もんしょう》、陽炎《かげろう》のドームに過《よ》ぎる炎《ほのお》、いずれも琥珀《こはく》色から、ヴィルヘルミナによる桜色《さくらいろ》へと変じている。

酸鼻《さんび》を極める破壊の跡ともども残された、これら光景を見つめ、マージョリーは起きた出来事、現れた者、去った者……複雑に縺《もつ》れた事態《じたい》を、今自分が動くことで刺激《しげき》すべきかどうか、努めて冷静に考えた。全ての謎《なぞ》を握っているはずの危うい恋人たち、『約束の二人《エンゲージ・リンク》』の気配が頭上に在ることだけを確かめつつ、ようやく口を開く。

「どう、なってんの？」

「さーな」

答えを求めていない声に、マルコシアスは投げやりに返した。

佐藤《さとう》や田中《たなか》、吉田《よしだ》らを抱えて、半壊《はんかい》した校舎の脇に退避《たいひ》していたヴィルヘルミナは、魂《たましい》が抜け落ちたかのように立ち尽くし、ただ友らの去った、頭上を仰《あお》ぐ。

「……」

「……」

ティアマトーは、なにも言わなかった。

ただ一人、シャナだけが、追っている。

現れたヨーハンを、変質《へんしつ》してしまった悠二《ゆうじ》を、再び飛び上がったフィレスを、封絶《ふうぜつ》の頂《いただき》から外に脱した『約束の二人《エンゲージ・リンク》』の姿を、一心《いっしん》に追って上昇する。

(悠二!)

あのまま二人に逃げられてしまったら。

あのまま悠二が元へと戻らなかったら。

(悠二!!)

今までに感じたことのない、暗い恐怖が湧《わ》きあがってくるのを抑えられない。紅蓮《ぐれん》の双翼《そうよく》が限界《げんかい》以上の炎《ほのお》を吐いて、封絶《ふうぜつ》の頂を突き破った。

眼前に広がったのは、夕日が地平《ちへい》に一線、淡い赤を残すのみとなった宵闇《よいやみ》。

その中、遥か高みにある『約束の二人《エンゲージ・リンク》』は、

「!?」

逃げるどころか、宙に浮かび語らっていた。睦言《むつごと》ではない。フィレスへと言い聞かせるように、ヨーハンはその両肩を掴《つか》み、真剣な面持《おもも》ちで何らかの言葉をぶつけている。

そこに在る女は、今までシャナが見てきた、どの姿とも違っていた。

無邪気《むじゃき》な気性《きしょう》の鋭さや切迫《せっぱく》した直向《ひたむ》き、見る者を震わす冷酷《れいこく》さが、完全に拭《ぬぐ》い去られいる。子供のように話を聞いては頷《うなず》き、柔らかに微笑《ほほえ》んでは答え、自分にかけられる少年の声を福音《ふくいん》として受け取っている。

なぜかシャナには、それが彼女の本来の姿であること、今までの姿こそが無理をしていたものだったことが、分かった。

（私、知ってる）

その、理非善悪《りひぜんあく》、事情状況《じじょうじょう》を全て無視する、喜びの姿——かつて倒した〝徒《ともがら》〟が誇りとともに示した確固《かっこ》たる姿——を、それを表す言葉を、シャナは知っていた。

（——『愛』——）

と、不意に、

「!?」

向かう先で輝いていた『愛』の様相《ようそう》、ヨーハンに抱きつくフィレスの笑顔が崩れた。今までの安らぎが逆転し、絶望と嘆《なげ》き、怒りと悲しみ、暗いものが溢《あふ》れて涙となる。

自分の名である絶叫《ぜっきょう》に、ヨーハンは寂しい微笑《ほほえ》みだけで答え、泣き喚《わめ》く唇《くちびる》を、そっと——唇で塞《ふさ》いだ。

「だめ」

シャナは焦りから、無意識に声を絞《しぼ》り出していた。

その行為が、見たままのものだけではないことが、直感的に理解できた。

「やめて」

請《こ》うような呟《つぶや》きの懸念《けねん》に反せず、ヨーハンは、悠二《ゆうじ》が保持していた膨大《ぼうだい》な〝存在の力〟を、唇《くちびる》伝《づた》いにフィレスへと、一挙怒涛《いっきょどとう》の勢いで流し込み、与えてゆく。

「やめて！」

見る間にか細く、本当になくなってしまうのではないかというほどに少なく、薄れ果てそうなほどに小さくなる悠二の存在に、シャナは恐怖の絶叫《ぜっきょう》を上げた。

「やめてえ――!!」

力のほぼ全てをフィレスに注《そそ》ぎ込んだヨーハンは唇を離し、

「……」

自分たちに向かって上昇してくるシャナへと目線《めせん》を落とす。ほんの微《かす》かに笑い、なにをか一言、息も溶け合う鼻先にある愛する女へと呟き、

その胸を突《つ》いて、零《こぼ》れ落ちた。

フィレスは、呟きを受け取った途端、もう二度と離すつもりのなかった、追い求め続けた愛する男を――手の内から取り落としていた。

その真《ま》っ逆《さか》さまに落ち行く中、

また、落ち葉が裏返るように軽く、
ヨーハンは坂井《さかい》悠二へと、変わっていた。

「――!!」

シャナは飛びつくように、この再び巡り会えた少年を抱き止めた。

「痛っ、痛いよ、シャナ……」

あがったのは弱々しい、しかし間違いない、坂井悠二の声だった。

「悠二……悠二!!」

「いだだだ!? シャナ、本当に痛い痛い!!」

「悠二……よかった……!!」

「痛っ、――、……」

力いっぱい抱き締められた悠二は、自分の胸でフレイムヘイズの少女が泣きべそをかいていることにようやく気付いて、

「……シャナ」

どうしようか迷い、周り（特に二人の間に挟まれている〝紅世《ぐぜ》〟の魔神《まじん》）に一瞬、気を配ろうとして――止め、想いのまま、その小さな震える肩を丸ごと、抱き締めた。

「大丈夫。僕は、大丈夫」

できるだけ優しく、言う。

「力はほとんど全部、フィレスさんに渡しちゃって、ヘトヘトだし……なんで戻ったのかも、分からない、けど……たぶん、もう大丈夫、だと思う」

「うん……よか、った……悠二《ゆうじ》」

シャナは震えて、失うまいと、腕に力を込める。

ペンダントからは、なんの叱責《しっせき》もかからなかった。

時間にして僅《わず》か数分、悠二は締め付けに耐えてから、

（大丈夫、か……）

自分の境遇《きょうぐう》を再《さい》確認するかのように、辺りを見やる。

遥か下、いつしか修復《しゅうふく》を無事に終え、封絶《ふうぜつ》の解かれた市立御崎《みさき》高校の閉幕式が、屋上《おくじょう》出口の上から、こちらを見上げているマージョリーやヴィルヘルミナらが、僅か上に、無言のまま悠二らを見下ろしている〝彩飄《さいひょう》〟フィレスの姿があった。

激しい戦闘があった痕跡《こんせき》を、罅《ひび》の一つも残さない校庭のステージ上、マイクを持った生徒会長と詰め掛ける生徒たちが、大きく弾《はず》んだ声を合わせた、

『イチ――、ニ――、サン!!』

の号令《ごうれい》とともに、ステージ背後の壁にかけられていた垂れ幕が落ちた。

始まりの熱狂《ねっきょう》とは明らかに違う、寂しさを混ぜた、しかし大《だい》歓声が上がる。

御崎高校清秋祭《せいしゅうさい》が、終わったのだった。

自分たちがこうして、宙に浮いている間に。

それがなにか、とても寂しいように、悠二には感じられた。


それが、二ヶ月前の話。

以来、［仮装舞踏会《バル・マスケ》］絡みの事件は起こっていない。

悠二にとって、あのとき抱いた、『これから自分の身はどうなるのか』という、ほとんど絶望同然の差し迫った危惧《きぐ》や不安も、二ヶ月という長い時間の経過と、取り巻く諸々《もろもろ》の事情から幾分《いくぶん》か薄れ、小さくなっていた。

それが今日、父の帰宅によって齎《もたら》された思わぬ吉報《きっぽう》、自身の出生《しゅっせい》についての小さく大きな秘密を明かされたことで、胸中《きょうちゅう》に蘇《よみがえ》りつつあった。

全く別の形と方向性を成して。

毎夜零時《れいじ》前、坂井《さかい》家を包む封絶《ふうぜつ》内での、四つの姿を立たせる七人による鍛錬《たんれん》で、

「それは、まことにおめでたいことであります」

「慶祝至極《けいしゅくしごく》」

僅かに表情を緩めるヴィルヘルミナ、常のとおり冷静なティアマトー、

「ふうん、良かったじゃない」

「いやー、めでてえめでてえ！　頑張《がんば》ったじゃねーかお二人さんブッ！」

笑って相棒《あいぼう》を叩《たた》くマージョリー、笑って相棒に叩かれたマルコシアス、

「頑張った？」

「と、ともかく、祝着《しゅうちゃく》の限りだ」

事態《じたい》がピンとこず首を傾《かし》げるシャナ、なんとか話を流そうとするアラストール、

「うん、どうもありがとう」

集《つど》った一同からの言葉に、悠二《ゆうじ》は照れる。

「この年になって、いきなり兄《にい》さんになるなんて、変な気分だよ」

照れて、むず痒《がゆ》そうに頬《ほお》を掻《か》き、

「どういう風《ふう》に喜べばいいのか、まだ良く分からないけど……」

その頬にあった笑みが静まり、

「これでもう、僕がいなくなったとしても、その子が、父《とう》さんと母《かあ》さんを支えてくれる」

静けさの中で、引き締まる。

今まで悠二は、自分がいなかったことになる、そのトーチとしての宿命から『零時迷子《れいじまいご》』の効能《こうのう》によって逃れられた安堵《あんど》で、ようやく自身の精神を平静《へいせい》に保っていた。また、その繋《つな》がりにすがることで、『人間としての自分』という立場を守ってもいた。

実のところ、これらは自身《じしん》への悲嘆《ひたん》ばかりでなく、両親への済まなさによっても大きく成り立っていた。自分を育てた歳月《さいげつ》を無駄《むだ》にさせてしまう、息子《むすこ》を失って夫婦二人だけになってしまう、その引け目が、日常からの去り難《がた》さを彼に与えていたのである。

しかし、自分に新しい家族、決して消えない両親の子供ができたことで、彼はそれら去り難さの大きな要因《よういん》を、不意に失うこととなった。

自分がいなくなっても大丈夫。

この、猛烈《もうれつ》な心細《こころぼそ》さを伴った完全な自由を、十六の少年は総身《そうみ》に受け止め、なんとか嬉《うれ》しさだけを表《おもて》に出そう、見せよう、と心に決め、今このときも励《はげ》んでいた。

紅蓮《ぐれん》の炎《ほのお》を過《よ》ぎらす封絶《ふうぜつ》の光を受けて、いつしかその決意の姿は、確固《かっこ》と立っている。

その、すでにひ弱な一《いち》〝ミステス〟とは言えなくなった少年に、アラストールが言う。

「それは、この街を出る、ということか」

「!!」

シャナは、遂《つい》に来るものが来たことに、口の端《はし》を僅《わず》か緊張《きんちょう》させた。

それを見、感じた悠二は、少女を安心させるために首を振る。

「今すぐ出て行く、ってわけじゃないよ。僕が、その道を選べるようになった、ってこと。でも残念ながら……いや、嬉しいことに、かな？　今はそれを気軽《きがる》には選べない。アラストールだって、分かってるだろ？」

「もしこの街が、本当にアラストールの心配するような『闘争の渦《とうそううず》』だったとしたら、それを放り出してどこかに逃げたりなんかできない。守るべき皆が暮らしてるのなら、なおさら。ミサゴ祭りのときみたいな綱渡《つなわた》りが、そう何度も成功するわけないしね」

「む?」

「……うむ」

最近、とみに貫禄《かんろく》を増してきた少年に、〝紅世《ぐぜ》〟の魔神《まじん》は短く同意した。

彼は以前から、悠二《ゆうじ》の持つ『零時迷子《れいじまいご》』への警戒《けいかい》とは別に、御崎《みさき》市それ自体に危険性があることを──騒動《そうどう》を引き寄せ、波乱《はらん》の因果《いんが》を導き、激突《げきとつ》に収束《しゅうそく》させる、恐るべき『時』の勢い──御崎市という土地が『闘争の渦《とうそううず》』であることへの懸念《けねん》を、一同に示していた。

たしかにその言う通り、御崎市には異常な頻度《ひんど》で、驚異《きょうい》的な面子《めんつ》が次々と来訪している。二ヶ月前の〝彩飄《さいひょう》〟フィレスと『永遠の恋人』ヨーハンの出現、〝頂の座《いただきくら》〟ヘカテーと〝嵐蹄《らんてい》〟フェコルーの襲撃《しゅうげき》こそが、まさに極めつけだった。

この土地を放って出て行くことは、果たして本当に災厄《さいやく》の回避《かいひ》になるのか。

考えても、答えは出ない。

また仮に、『零時迷子《れいじまいご》』と[仮装舞踏会《バル・マスケ》]のことだけに事件を絞《しぼ》るとして、出て行った先が知らない土地、知らない人たちだから戦いに巻き込んで良い、ということになるのか。それは世界に災厄を振り撒《ま》いて回ることにならないか。残した人たちが、[仮装舞踏会《バル・マスケ》]の策謀《さくぼう》に利用されたりはしないか。むしろこの一件が片付くまで、強力な討《う》ち手たちの集《つど》うここで守りに回った方が良いのではないか――

　考えれば考えるほど、がんじがらめになる。

　アラストールが言うには、そういうどうしようもない事情も併《あわ》せた運命の焦点であるからこそ、逃れ得ない『闘争《とうそう》の渦《うず》』と呼ばれているのだと言う。

　とはいえ、実際に自分の住む街で〝徒《ともがら》〟を迎え撃《う》つことは、十分以上に危険である。

　悠二の言う、ミサゴ祭りの際に起きた戦いでは、たまたま封絶《ふうぜつ》を張らずに戦った結果、御崎市駅《えき》周辺を修復《しゅうふく》できず、瓦礫《がれき》の山を残す結果となった。たまたまその〝徒《ともがら》〟が人間を喰うことを計画に含んでいなかったため、奇跡《きせき》的に人的《じんてき》被害はなかった。

　綱渡りに使う綱を、常に相手が用意しているという危うさ。

　守る側の宿命《しゅくめい》として、戦いの主導権《しゅどうけん》を握ることができない。

　守らねばならないというのに、危機ばかりが増大してゆく。

　考えるだにうそ寒い、しかも改善のしようがない状況だった。

　悠二はそれら、自分自身を核《かく》に全てを縛《しば》る今を思い、ゆえにこそ強く誓《ちか》う。

「不利なことは分かってるけど、せめて僕のことが片付く目処《めど》のつくまでは、ここで家族や友達、生きている人たちを守らなきゃいけない」

　ヴィルヘルミナは少年の覚悟《かくご》、とりあえずそれだけには、敬意《けいい》を表する。

「たしかに、外界宿《アウトロー》からも、まだ貴方《あなた》の処置についての正式な要請《ようせい》は来ていないのであります。ならば、事態《じたい》を静観《せいかん》するのも一つの手でありましょう」

その発言に、アラストールは軽く確認する。

「まだ、外界宿《アウトロー》の混乱は収まらんのか」

ヴィルヘルミナは渋い顔になり、

「未《いま》だ欧州《おうしゅう》では愚《ぐ》にもつかぬ闘争を繰り返すばかり、とゾフィー・サバリッシュからも連絡が来ているのであります」

「擾乱無様《じょうらんぶざま》」

ティアマトーまでもが、珍しく感情を込めた、吐き捨てるような声で言った。

フレイムヘイズたちの情報交換《こうかん》・支援《しえん》施設『外界宿《アウトロー》』。

世界に点在《てんざい》するこの施設の内、最も影響《えいきょう》力の大きな一団、ドレル・パーティーの中枢《ちゅうすう》が立て続けに何者かの襲撃《しゅうげき》を受け、殲滅《せんめつ》されてから、四ヶ月あまりが経過している。

この主宰《しゅさい》者たるフレイムヘイズ『愁夢《しゅうむ》の吹《ふ》き手《て》』ドレル・クーベリックとともに在った、組織の運営と財務、戦略《せんりゃく》部門を担当する数名の幕僚団《ばくりょうだん》『クーベリックのオーケストラ』。

やや遅れて、欧州を中核《ちゅうかく》に世界の交通支援を担当していたフレイムヘイズ『无窮《むきゅう》の聞《き》き手《て》』

ピエトロ・モンテヴェルディ率《ひき》いる数十名の運行《うんこう》管理者『モンテヴェルディのコーロ』。

双方《そうほう》の喪失《そうしつ》による混乱は、時を追うごとに、収まるどころか拡大の様相《ようそう》を呈《てい》していた。外界宿《アウトロー》の革命者として知られるドレル・クーベリックは、組織の運営に人間を参画《さんかく》させることで効率《こうりつ》を上げ、また規模の拡大を図ってきたが、この混乱においては、他でもない人間を加えた構造《こうぞう》自体が、再建《さいけん》の足を大きく引っ張る結果となっていた。

つまり、ドレル自身も含む『クーベリックのオーケストラ』という、強力な指導力と知性を中枢に据《す》えることで機能していた外界宿《アウトロー》は、その予期せぬ欠落後《ご》、組織の主導権《しゆどうけん》をフレイムヘイズと人間によって奪い合うという、権力闘争へと突入していたのだった。

フレイムヘイズは一般に年若くして契約するため、組織の運営というものに馴染《なじ》みが薄く、適性《てきせい》も乏しい。とはいえ、そもそも外界宿《アウトロー》は彼らのために作られたものであり、その賛同なくして組織は動かない。もちろん、持てる腕力では人間など問題にならない。

対して人間は組織に迎え入れられる以上は有能であり、組織の枢要《すうよう》へと深く食い込んでもいる。彼らなくしては動かない部署《ぶしよ》、彼ら任せとなっていた部門も多々あった。なにより、彼らに対抗できる知性と理性を持った者は、初期の襲撃で悉《ことごと》く殺されている。

傍《はた》からは愚行《ぐこう》としか思えない、当事者にとっては全てであるこの争いは、厄介《やつかい》なことに、争う相手を誅戮《ちゆうりく》する、有益《ゆうえき》な組織を乗っ取る、という悪党のように簡単な目的や理由から起きたものではなかった。両陣営《じんえい》ともに、組織をより良く作り変えたい、という信念を持って相争《あいあらそ》っていたのである。

フレイムヘイズ側の言い分は、人間の世界に比重を置きすぎた外界宿《アウトロー》を、今度の失敗を教訓《きょうくん》に、より戦闘的な組織に変えねばならない、そうしなければ、未《いま》だ正体の端《はし》すら摑《つか》めない敵とは戦えない、という戦闘者としては至極《しごく》真《ま》っ当《とう》なものだった。

人間側は、古式蒼然《そうぜん》とした頭の古いフレイムヘイズが外界宿《アウトロー》を非効率《ひこうりつ》な体制に戻そうとしていることに反発し、強大な敵と戦うのなら、なおさら改革を進めて組織防衛《ぼうえい》の体制を固めねばならない、と論理《ろんり》の当然の帰結《きけつ》たる主張を行っていた。

どちらにも一分《いちぶ》の理《り》があり、ゆえに結論は容易には出ない。組織発足《ほっそく》から重大事の裁定《さいてい》を行っていたドレルが亡《な》いという非常の情勢下《か》であれば、それも仕方のないことと言えた。

あるいは新たな危機でもあれば、両者は一致結束《けっそく》して敵と戦い、互いに妥協点《だきょうてん》を見出せたかもしれなかったが、まずいことに、謎《なぞ》の敵は一時期の猛攻猖獗《もうこうしょうけつ》が嘘《うそ》だったかのように鳴りを潜《ひそ》めてしまっていた。

まるで、最初に与えた深手《ふかで》が腐り果てるのを待つかのように。

敵の思惑《おもわく》通りであるにせよ、そうでないにせよ、結局双方《そうほう》は、熱意に根ざした悪《あく》感情を高め合い、不信の亀裂《きれつ》を深めてゆくばかりとなっていた。

もちろん彼らとて、無策《むさく》のまま罵《ののし》り合ってばかりいたわけでもない。

二月ほど前、この収まる気配のない騒動《そうどう》を裁定するため、『大戦《おおいくさ》』の英雄の一人である『震《しん》威《い》の結い手《ゆいて》』ゾフィー・サバリッシュが臨時の指導者として招かれていた。
もっとも、この英雄も、元は中世の人間であるため現代の組織に馴染《なじ》まず、だいたいが権力闘争《とうそう》に嫌気《いやけ》がさして修道院《しゅうどういん》に入ったという履歴《りれき》の持ち主である。戦時《せんじ》に衆《しゅう》を束ねて引っ張る司《し》令官《れいかん》としてなら有能な彼女も、平時《へいじ》にこじれた組織を修復《しゅうふく》、周旋《しゅうせん》することは、いささか以上に勝手が違った。
なにより彼女は、それら細々とした集団の運営を任せていた、補佐役《ほさやく》にして生涯《しょうがい》の友たる二人のフレイムヘイズを、近代の椿事《ちんじ》にして惨劇《さんげき》たる［革正団《レボルシオン》］との戦いの中で失っている。そのために隠居《いんきょ》同然の暮らしをしていたというのに、無理強《じ》い同然に引っ張り出され指導者の椅《い》子《す》だけを宛《あて》がわれたところで、いかほどの働きができようわけもなかった。実際、
「もう、すっかりお手上げだわ」
という、悲鳴のような手紙が、旧友《きゅうゆう》たるヴィルヘルミナの元に何通も届いていた。
なにせ、当面の行動方針だけでも、
襲撃《しゅうげき》事件の真相究明《きゅうめい》を第一と情報収集《しゅうしゅう》に走る者、
敵討《かたきう》ちに逸《はや》り、勝手に徒党《ととう》を組んで動き回る者、
事件に捉《とら》われず、組織の再《さい》編成を図っている者、
てんでバラバラ、行き当たりばったりに戦う者、
等々、纏《まと》まりが全くない有様《ありさま》である。世界の外界宿《アウトロー》を主導する立場にある欧州《おうしゅう》の情勢《じょうせい》がこれ

では、他《た》地域の部署《ぶしょ》がまともに動き得るはずもなかった。

坂井悠二《さかいゆうじ》の扱いに関しても、そのゾフィーへの直接書簡《しょかん》という非常手段《しゅだん》を取って初めて、中枢《ちゅうすう》まで話が届いたという有様《ありさま》である。誰もが目の前の事件、自分の事情に当たるだけで、一連の外界宿《アウトロー》襲撃《しゅうげき》が全体でどんな意味を持っているのか、というところまで考慮《こうりょ》を巡らす余裕《よゆう》がなくなっているのだった。無論《むろん》のこと、返ってきた報も芳《かんば》しいものではない。

今は外界宿《アウトロー》の総員が、防備を固めるのに忙しく、そちらには手勢《てぜい》を回せる余裕《よゆう》などない。謎《なぞ》の敵の襲撃は欧州《おうしゅう》に集中しており、東洋《とうよう》の外れを警戒《けいかい》する必然性もない。

巫女《みこ》〝頂《いただき》の座《くら》〟ヘカテーは、既に幾度《いくど》か大《だい》規模な戦いにも姿を現しており、〝嵐蹄《らんてい》〟フェコルーの帯同《たいどう》というだけで、今回の件が特別であると判断するには根拠《こんきょ》が薄弱《はくじゃく》である。

秘宝《ひほう》『零時迷子《れいじまいご》』は〝存在の力〟を回復させるとはいえ、大局《たいきょく》的に見れば一《いち》〝徒《ともがら》〟を利する効能しか持っていない。ゆえにその争奪《そうだつ》にも大きな意味があるとは考えられない。

そもそも、本来の所有者であった『約束の二人《エンゲージ・リンク》』自身がその効能によって、ほとんど害悪《がいあく》を成さなかった事実もある。奪取《だっしゅ》された後、実際に被害が生じてから対処《たいしょ》してはどうか……。

これら消極的過《す》ぎる返報に業《ごう》を煮やした〝紅世《ぐぜ》〟真正《しんせい》の魔神《まじん》、他でもない〝天壌《てんじょう》の劫火《ごうか》〟アラストール直々《じきじき》の調査要請《ようせい》に対する反応も、信じられないほどに鈍かった。

彼が、当代《とうだい》最強を謳《うた》われた『炎髪灼眼《えんぱつしゃくがん》の討《う》ち手《て》』とともに大威令《だいいれい》を誇った大戦《おおいくさ》は、既に数百年の昔であり、またそれから数年前まで『天道宮《てんどうきゅう》』に篭《こも》ってもいたため、外界宿《アウトロー》の暫定《ざんてい》的な主導部の中に——人間は元より、フレイムヘイズでさえも——彼を深く知る者が少なかったのである（悠二とシャナだけが知っていることだが、当人はこの零落《れいらく》が相当なショックであったらしく、しばらく意気消沈《しょうちん》していた）。

ゾフィーが世界に散らばった旧知《きゅうち》の強力な討《う》ち手らに連絡を取る手はずだけは何とか整えてくれたらしいが、そういう連中《れんちゅう》は大抵《たいてい》、外界宿《アウトロー》に頼らず渡り歩いている。支援来援《らいえん》がいつになるのか見当《けんとう》もつかず、実際、二月経《た》った今も梨《なし》の礫《つぶて》だった。

訴える側の深刻《しんこく》さは、未《いま》だ世界の誰にも響《ひび》いていない。


悠二は、これら外界宿《アウトロー》の置かれた状況を、送られてくる資料の整理がてらヴィルヘルミナから聞かされている。もっとも、抱く感想は、

（しようがないよな）

程度のものである。

（坂井悠二を抹殺《まっさつ》しろ！　とか悪い命令がこなかっただけでも幸運と思わなきゃ）

という安堵《あんど》すら抱いていた。そもそも、外界宿《アウトロー》などと言われたところで、一度もそこに行ったことのない彼にはピンと来ないのである。それよりも、

（あの［仮装舞踏会《バル・マスケ》］という〝徒《ともがら》〟の組織が、そっちの騒動《そうどう》も起こしてるんだろうか）

御崎大橋《みさきおおはし》の上で出くわした〝千変《せんべん》〟シュドナイや、二ケ月前に自分を殺そうとした〝頂の座《いただきくら》〟ヘカテーらとともに三柱臣《トリニティ》と呼ばれているという——〝逆理の裁者《ぎゃくりさいしゃ》〟ベルペオル。アラストールやヴィルヘルミナ、マージョリーやマルコシアスまでもが、奴《やつ》ならやりかねない、と警戒《けいかい》する鬼謀《きぼう》の持ち主が、裏から糸を引いて、全ての事件を操《あやつ》っているのか。理屈《りくつ》で考えるのは簡単だが、目の前にある世界はあまりに広くて、それが誰かに動かされている、と納得《なっとく》することは感覚的に難しい。

（むしろ、そこがベルペオルって奴の付け入る隙《すき》なのかもな）

思いつつ、その道具の一つかもしれない自身、胸に点《とも》る人ならぬモノの証《あかし》たる灯火《ともしび》を見る。観念《かんねん》として燃えているように見える〝存在の力〟の結晶。トーチにして〝ミステス〟たる坂井《さかい》悠二《ゆうじ》の核《かく》。その周りに、枷《かせ》のようなリング状の自在式《じざいしき》が浮かんでいる。

（刻印《こくいん》、か）

あの襲撃《しゅうげき》の中、ヘカテーが三角頭《さんかくあたま》の杖《つえ》（錫杖《しゃくじょう》、という言葉を悠二は知らない）を使って自分の奥底に……否、おそらくは宝具《ほうぐ》『零時迷子《れいじまいご》』へと焼き付けた目印《めじるし》だった。

マージョリーによると、

「これ、いわゆる発信機ね。星の王女様は『零時迷子《れいじまいご》』にこれを刻み付けてから、あんたを壊して転移《てんい》させようとしたんだわ。無差別に作動する『戒禁《かいきん》』の奥に、こんなもの付けられたら、迂闊《うかつ》にいじれやしない」

　ということらしかった。

　それを聞いたシャナは、

「もう、悠二を破壊して宝具《ほうぐ》を転移させても、連中《れんちゅう》の企《たくら》みを妨害《ぼうがい》はできない……むしろ、私たちフレイムヘイズだけが見失ってしまう。絶対に、悠二を守らないと」

　むしろ嬉《うれ》しげに言った。

　ヴィルヘルミナからは、

「しかし、その刻印《こくいん》がある以上は、いつ［仮装舞踏会《バル・マスケ》］による再度の襲撃があるとも限らないのであります。くれぐれも、注意と警戒《けいかい》を怠《おこた》りませんよう」

　と厳重《げんじゅう》な注意を受けた。

　悠二が、冬を迎えても未《いま》だ御崎市《みさきし》で人としての暮らしを送っているのは、先の『闘争《とうそう》の渦《うず》』を放置しておけない件、外界宿《アウトロー》の混乱に加えて、この刻印がある限り、どこに逃げ隠《かく》れしても無駄《むだ》であるという、どうしようもない事情があるためだった。

　また、〝銀〟の顕現《けんげん》、ヘカテーの襲撃、ヨーハンの出現という立て続けの事件以降《いこう》、彼に起きた特別な変化は刻印のみで、他には心配（約一名の凶暴《きょうぼう》なフレイムヘイズからは期待）されたような〝銀〟に関する副《ふく》作用や後遺症《こういしょう》などが見られなかったことも大きい。

　なにも変わらなければ、今までと同じ生活を、とりあえず送ることはできる。

（でも、妙《みょう》だな）

そうして結局、危険にはより一歩確実《かくじつ》に近づきつつも御崎市《みさきし》で暮らしていた〝ミステス〟の少年は、胸の奥に凝《こご》っていたありとあらゆる鬱屈《うっくつ》が、日々の中でいつしか変化を起こしているのを感じていた。

今日の朗報《ろうほう》で、それはより明確になっている。

変化したそれは、通常抱《いだ》くべきだろう不安等の暗い色合いのものではない。むしろ逆、開き直り以上を突き抜けた、さらに先……心強さに似ていた。

（もう今は、この刻印《こくいん》が、解けない呪《のろ》いには見えない）

これまで、幾度《いくど》も痛めつけられ、締め上げられてきた気持ちとは正《せい》反対の、高揚《こうよう》。

（それどころか……世界と僕を繋《つな》ぐ、太い絆《きずな》、みたいだ）

気持ちは、前に、大きく、広がってゆく。

（一つの報《しら》せだけで、こんなにも世界の眺《なが》めは変わるんだ）

そんな少年の夢想《むそう》を、

「いつまで呆《ほう》けているつもりでありますか」

ヴィルヘルミナが一声で破った。

「今夜の鍛錬《たんれん》を始めるのであります」

「体勢《たいせい》準備」

ティアマトーと二人しての喝《かつ》が入る。

「あっ」

悠二《ゆうじ》は、慌《あわ》てて背筋《せすじ》を伸ばした。

その腕に、彼女のリボンが一条《いちじょう》、絡みつく。もう片方の端《はし》はシャヤナへと結ばれ、彼女の鍛錬に使う力を悠二から受け渡すためのパイプラインとなる。

かつては二人、手を繋《つな》いで受け渡しを行っていたが、ヴィルヘルミナが夜の鍛錬に参加するようになってからは専《もっぱ》ら、この方法が取られるようになっていた。

シャヤナは大いに不満な様子《ようす》だったが、二人の仲の進展を大いに大いに警戒《けいかい》するヴィルヘルミナには、あからさまな抗弁《こうべん》もし難い。また実際、この方法でなければ、二人別途《べっと》の鍛錬はやりにくかった。不承不承《ふしょうぶしょう》ながら、理屈《りくつ》の面からも納得《なっとく》する以外にない。

悠二の方は、流す力加減《かげん》の見極めに手こずったくらいで、すぐこの方法に慣れている。シャナが力を多めに使う気配を感じ、相応《そうおう》の量を加減して流すなどの、細かい調整も今ではできるようになった。それも鍛錬の内だ、とはアラストールの弁《べん》である。

このリボンの絡む間にも、ヴィルヘルミナは督励《とくれい》の追い討《う》ちをかける。

「慶事《けいじ》は慶事。いえ、むしろ慶事あるときこそ、より真剣に鍛錬に取り組み、襲《おそ》い来る危難《きなん》に備えるべきであります」

「分かってますよ」

「反抗無用《むよう》」

「……」

口答えを封じられた悠二《ゆうじ》は、今やほとんど自覚のないまま、瓦《かわら》で滑りデコボコした屋根の上を平然《へいぜん》と、かつてのようにフラつくこともなく走り、夜の鍛錬《たんれん》における自分の指定《してい》位置となった屋根の天辺《てっぺん》、棟《むね》の突端《とったん》に立つ。

踵《かかと》から一センチ幅もない背後は、二階建ての家の高さそのもの。狭い裏庭が、封絶《ふうぜつ》の地面に走る火線《かせん》の紋章《もんしょう》に赤く輝いて、高さを強調している。

(もう、落ちるのは嫌だなあ)

思うのも当然なほどに、悠二はここしばらく、今立っている場所からの接地、という単純だが危険な鍛錬を強いられていた。

体捌《たいさば》きを駆使《くし》した足からの『着地』ではなく、ただ宙に放り出されて、その体勢のまま落ちる『接地』……要するに、投げ捨てられた蛙《かえる》のようにベタッと地面に張り付くという、戦闘における不測《ふそく》の衝撃《しょうげき》に対する耐久《たいきゅう》力を上げる鍛錬である。

(そりゃ、戦いに重要な技法だってことは分かってるけど)

もちろん、最初からこの高さでやったわけではなく、まずは縁側《えんがわ》から、慣れてきたら庭の塀《へい》の上から、さらに二階の窓から、と段階を踏んでいった結果である。

本能的に取る受け身、反射として差し出す庇《かば》い手、全てをヴィルヘルミナのリボンでグルグル巻きに封じられての落下だったため、当初は縁側から落とされただけでも息が詰まって、しばらく身動きが取れなかった。

（まあ、今じゃその荒っぽい鍛錬のおかげで）

悠二は後ろを見る。

（ここから落ちる程度なら大丈夫になった、かな？）

五日前などは、たまたま封絶《ふうぜつ》内の近所に路上《ろじょう》駐車があったのを（鍛錬指導《しどう》の側としての）幸いと、今《いま》立っている棟から自動車のボンネットへと思い切り叩《たた》きつけられている。その緑色の外車はフレームが潰《つぶ》れガラスが割れタイヤが飛び……自分はボンネットにめり込んで失神《しっしん》していた。その後、

「これも耐久力を強化する鍛錬の一環《いっかん》、他意《たい》を勘繰《かんぐ》られるのは心外でありますな」

というヴィルヘルミナの強弁《きょうべん》、

「だからって、あんな勢いでぶつけなくても！」

というシャナの抗弁《こうべん》の中で目が覚めた。

車の惨状《さんじょう》に対して、叩きつけられた自分の身に怪我《けが》一つなかったのは、全くもって鍛錬の賜物《たまもの》というべき快事《かいじ》ではあったのだが……

（やっぱり、痛いのは痛いもんな）

おかげで、あれから屋根に上がる度《たび》、近くの道路に自動車が止まっていないかチェックするという、情《なさ》けない習慣までついてしまった。

封絶《ふうぜつ》の中なら多少は荒っぽい真似《まね》も許されるとはいえ、その多少を超えるのは勘弁《かんべん》して欲しいものである（悠二《ゆうじ》は、ヴィルヘルミナが次は付近に無数《むすう》立っているブロック塀《べい》にぶつけようと画策《かくさく》していることを知らない）。

そんな、微妙《びみょう》に腰の引ける少年の前に、今日の鍛錬《たんれん》の担当者として進み出たのは、

「んーじゃ、今夜のお相手は私ね」

ワイシャツにスラックスをラフに着崩《きくず》した、フレイムヘイズ屈指《くっし》の殺し屋『弔詞《ちょうし》の詠《よ》み手《て》』マージョリー・ドーだった。

「……っよろしく、お願いします！」

思わず安堵《あんど》の溜《た》め息《いき》を吐《つ》いたのを悟《さと》られないよう、悠二はことさらに強く叫んで返す。ヴィルヘルミナから少し睨《にら》まれたような気がしたが、気にしない。

あの〝銀〟の顕現《けんげん》があってから、彼女は坂井《さかい》家における夜の鍛錬に頻繁《ひんぱん》に参加するようになっていた。当初は〝銀〟の正体について、新たな究明の取っ掛かりを見つける調査の一環《いっかん》、また悠二自身《じしん》に事後の副作《ふく》用がないかという警戒《けいかい》が主で、鍛錬そのものに加わったのは、しばらくしてからのこと、

「どうも、彼は自在師《じざいし》の方に適性《てきせい》があるように見受けられるのであります」

「秘儀伝授《ひぎでんじゅ》」

というヴィルヘルミナらの要請《ようせい》を受けたためである。

マージョリーは、悠二を険しい目で眺《なが》めていたが、結局、

「んー、見所《みどころ》はないわけでもないけど……それって能力的なことでしかないのよね」

「セーカクができ上がるまで十年、そこまで持たすための手助けってとこか、ヒッヒ」

というマルコシアスによる暗黙《あんもく》の薦《すす》めもあって、渋々了承《しぶしぶりょうしょう》した。

以来、悠二は一週間に一、二度の割合で、彼女から自在法のレクチャーを受けている。

「誰にでもできる基本的なことだけよ。あとはフィーリングでなんとかすること」

という投げやりな教育方針《ほうしん》を最初に示されたが、どうせ現状の彼は、専門的なことを教えられても実行できない。それで十分だった。

屋根の端《はし》に立つ悠二から、数歩離《はな》れた棟《むね》に立つマージョリー（僅《わず》か離れて背中合わせにヴィルヘルミナ、正《せい》反対の端に、その指導を受けるシャナ、という位置取りである）、その右脇に抱えられた本型《ほんがた》の神器《じんぎ》〝グリモア〟からマルコシアスが、それぞれ鍛錬の始まりを告げる。

「始めるわよ」

「ほーいじゃま、火ぃ出すとこからだな」

常のような力の抜けた顔、猛《たけ》り吼《ほ》える戦闘時《じ》の姿、いずれとも違う、世に名を轟《とどろ》かす自在師たる女傑《じょけつ》の鋭い視線《しせん》が、鍛錬を受ける少年を射抜《いぬ》く。

「はい」

身も心も引き締まる思いで、悠二は右手を前に差し出した。

（まずは、と……）

握り拳《こぶし》を胸の前で作る。

（僕の体を形作っている〝存在の力〟……それを無意識に統御《とうぎょ》している意思総体《いしそうたい》の働きを感じて、支配下に置く）

教わった難解《なんかい》な単語も、最近になってようやく意味と実感を呑み込めてきた。

（その、僕の存在の端《はし》から零《こぼ》れてる、ほんの僅《わず》かな力を拳に集め……）

胸の前にある拳を、ゆっくりと前に、掌《てのひら》を上にした形で出す。

（炎《ほのお》のイメージで具現化《ぐげんか》、する――！）

文字通り意に違わず、

ボッ、

と掌に丁度《ちょうど》載る大きさの炎が、そこに点《とも》った。

色は、銀。

フレイムヘイズ『弔詞《ちょうし》の詠み手《よて》』マージョリー・ドーが数百年もの歳月《さいげつ》をかけて追い続けてきた仇敵《きゅうてき》、悠二の中に巣食《すく》う謎《なぞ》の化け物――〝銀〟が持つ炎の色。

「……」

その、今や日常的に見る羽目《はめ》となった炎を、マージョリーは、僅かに目を眇《すが》め、微《かす》かに眉《まゆ》を顰《ひそ》め――やがて、フンと鼻を鳴らす。

「……構成時間《こうせい》はそこそこ短くなってきたわね」

「ど、どうも」

彼女が刹那《せつな》撒《ま》き散らす強烈《きょうれつ》な殺気に、まだまだ慣れるところまでいかない悠二《ゆうじ》は、つい言葉を詰まらせていた。

マージョリーの方は、もう気にしていない。

「次は、予習ができてるかどうかを確かめるわよ」

「えっ」

悠二は驚き、自分の準備不足を思ってアタフタした。

「ヒャッーヒャッヒャ！　丁寧《ていねい》なご指導から宿題の意地悪《いじわる》まで、センセーっぷりも、だいぶ板についてきたじゃねーかブッ」

相棒《あいぼう》を黙らせた平手《ひらて》を、マージョリーは横に払うように一振《ひとふ》りする。と、黙ったばかりの、右脇に抱えた〝グリモア〟から、紙片《しへん》がハラリと宙に放たれた。

それを見るでもなく、マージョリーは悠二に指示を出す。

「その炎《ほのお》を自分から切り離して、コイツにぶつける……制限《せいげん》時間は五秒」

「ホイ、始めえ！」

即座《そくざ》に号令《ごうれい》するマルコシアスの声に、

「——っ」

悠二は集中して、封絶《ふうぜつ》の空に飛んでゆく紙片を見上げる。

(今、手に持ってる炎を、切り離して——)

これは、敵意や害意《がいい》の指向、破壊するイメージの具現化《ぐげんか》という、最も簡単な構成原理《げんり》を持つ自在法《じざいほう》である『炎弾《えんだん》』を習得《しゅうとく》するための鍛錬《たんれん》である。

フレイムヘイズや〝徒《ともがら》〟は、多く自身のメンタリティに見合った形式で、独自の自在法を構築《こうちく》・利用する。それらは他人が真似《まね》できるようなものではない、まさしく個性によって生まれるものだったが、その中にも共通の技術として、誰にでも使えるレベルの自在法がある。炎弾や封絶《ふうぜつ》はその代表、自在法の基礎《きそ》鍛錬を行うには絶好《ぜっこう》の課題だった。

(——あの紙に、力を向ける!)

悠二は飛んでゆく紙片を見つめ、ひらひら舞う姿を意識し、害意をそこに及ぼすイメージを強く思い浮かべる。それに連れて、まるで粘土《ねんど》を捏《こ》ねるように掌《てのひら》の炎が、口の細い壺状《つぼじょう》に変形し、一気にその口が伸びた。

ヒュボッ、
とその伸びた口が紙を貫《つらぬ》き、銀色の中で跡形《あとかた》もなく焼失《しょうしつ》させる。

「やった!」

悠二は快哉《かいさい》を叫び、次の瞬間、
バン、と、

「わちゃっ、熱《あつ》!?」

掌《てのひら》に少量、残っていた炎《ほのお》の破裂《はれつ》で、顎《あご》の端《はし》を焼いた。思わず飛びあがって炎を払い、それがさっきまで炎を残していた掌だと気付き、慌《あわ》てて大きく振る。

「あち、ちっ!」

その頭を、

「こーら」

ゴン、と画板を纏《まと》めたほどもある〝グリモア〟で叩《たた》かれた。

「うわ痛《いた》っ!」

「うわいた、じゃないでしょ。半端《はんぱ》な手加減《てかげん》してるから、余計《よけい》な力が手元に残っちゃうんでしょーが。出した力は全力で標的《ひょうてき》にぶつけなさい」

「つーか、手加減自体《じたい》が十年早えーわな、ヒヤヒヤヒヤ!」

眼前と頭上、二つの叱責《しっせき》に、

「悠二《ゆうじ》、大丈夫!?」

反対側の棟《むね》からの声が加わった。これはすぐ、

「あの程度の火傷《やけど》で死ぬことはないのであります」

「集中」

別の二つの叱責で、

「はーい……」

と黙らされる。

悠二も力なく返す。

「すいません……」

「謝る暇《ひま》があったら次！　今度は全力！　時間は同じく五秒！」

「ヒャッハハ、今度ヘマしたら二発じゃすまねーかもな！」

再び、紙片《しへん》が宙に放たれる。

準備する間も与えられなかった悠二は、大いに慌《あわ》てて、さっきは慎重《しんちょう》に行った力の操作を、習慣に基づく勘《かん》で素早くこなし、見つめる標的に向けて放つ。

「つは！」

ボン、
と宙の紙片が吹き飛んだ。全力を傾注《けいちゅう》したためか、さっきのような手元の暴発《ぼうはつ》もない。

（！　……これ、か）

また一つ、新たな感覚を摑《つか》んだ。

マルコシアスがカラカラと笑う。

「おーやま、速攻《そっこう》やらせたにしちゃ、上手《うま》いじゃねーか、ヒヒ！」

「いえ……」

照れる悠二《ゆうじ》の満足感を、しかしマージョリーはバッサリ、

「こんなの、初歩も初歩なんだから、得意がるんじゃないわよ」

笑顔で切り捨てた。その一方で、

「あんたの最重要課題《さいかだい》は、ヤバいときしか出ない集中力を常に発揮《はっき》することなんだから、とにかく自在法《じざいほう》に限らず〝存在の力〟を繰《く》る感触《かんしょく》を本能《ほんのう》同然に身に付ける必要があるの。この基礎を舐《な》めずにやってりゃ、少しはあっちの役にも立てるようになるはずよ」

シャナの方に軽く目をやって、励《はげ》ますような声もかけてくれる。

「はい！」

彼女に対して『強力なフレイムヘイズ』以上の印象《いんしょう》を持っていなかった悠二も、こうして幾《いく》度《ど》も接する機会を得て、ようやくその本質を理解し始めていた。

マージョリー・ドーは間違いなく厳《きび》しい。しかし、適正な厳しさで、突き放さずに接してくれるのである。

（佐藤《さとう》たちが慕《した》ってるのも、なんとなく分かるな）

マージョリーに倣《なら》って、反対側の端《はし》でヴィルヘルミナから何らかの注意を受けている炎髪灼《えんぱつしゃく》眼《がん》の少女に目をやる。

（この人がシャナと馬が合わないのは、シャナがフレイムヘイズとして確固たる価値観《かちかん》を持ってて助言を必要としないから、それこそ価値観自体が別《べつ》方向を向いている証拠《しょうこ》、なのかな）

我ながら鋭い分析《ぶんせき》だぞ、と一人得意《とくい》がる足を、

「課題は集中力、って言った傍《そば》から――ったく」

「ほい、お仕置《しお》きー！」

マージョリーが適正な厳しさで、軽く払った。

「うおわあっ!?」

もう何度目か、悠二は屋根から真《ま》っ逆《さか》さま、裏庭に落ちる。

鍛錬《たんれん》のおかげで、怪我《けが》はせずに済んだ。


アラームが鳴って数分。

零時《れいじ》を迎えた瞬間、皆の見る前で永久機関《えいきゅうきかん》『零時迷子《れいじまいご》』が発動し、

「！」

悠二の〝存在の力〟が回復する。

かつて飲み込んだ〝千変《せんぺん》〟シュドナイの腕に加え、あの騒動《そうどう》の際に吸収した〝彩飄《さいひょう》〟フィレスの力も合わせて、今や悠二が持つ〝存在の力〟の総量は〝徒《ともがら》〟どころか〝王〟にすら匹敵《ひってき》する規模となっていた。

「……」

その力の張《みなぎ》りを感じて、その大部分を生かせていないことを感じて、悠二《ゆうじ》はさらなる鍛錬《たんれん》への意欲を拳《こぶし》と握る。

「……よし」

マージョリーはそんな少年の姿を可笑《おか》しげに眺《なが》め、

「今日は終わった後も元気いっぱいねえ」

「ヒヒヒ、兄ちゃんになれ、た、た、た、ことがそんなに嬉《うれ》しかったってか？」

マルコシアスは大いに囃《はや》す。

言われて初めて、兄となった少年は自分の仕草《しぐさ》に気付き、赤面《せきめん》する。

「あ、これは、その……」

「励《はげ》む糧《かて》としても誇らしきことだ。恥じることはあるまい」

珍しく助け舟を出したアラストールに、悠二も素直な頷《うなず》きで返した。

「うん、ありがとう」

「……？」

一人、シャナは首を傾《かし》げる。

「お祝いに伺《うかが》うのは、いつ頃がよろしいのでありましょうな」

「明夕刻《みようこく》」

敬服《けいふく》する主婦への気遣《きづか》いを表すヴィルヘルミナに、ティアマトーが短く告げる。

「うむ。その程度の間を空《あ》ければ、問題もなかろう。表向《おもてむ》き、我らがその情報を得るのは、翌《よく》早朝にシャナ――」

アラストールは、その呼び名を自分が何気なく使ったことに、ヴィルヘルミナが眉《まゆ》を僅《わず》か顰《ひそ》めるのを知って、しかし構わず続ける。

「――が帰宅して以降、ということになろうからな」

「…………？」

シャナは、やはり首を傾げた。

そんな一同の様《さま》に、マージョリーとマルコシアスは苦笑《くしょう》を交わす。

「みんなしてはしゃいじゃって、まー」

「ジンボーあるらしいからなあ、ここの母《かあ》ちゃんは」

悠二は、喜んでくれる人たちに、

「実のところ、さ」

本当の自分を知って喜んでくれる人たちに、懺悔《ざんげ》するように言う。

「その兄《にい》さんになるってこと自体には、まだ特別な感慨《かんがい》らしいものはないんだ。なんといっても、僕はもう、いつ消えるか知れなかった存在なわけだし」

不意に、封絶《ふうぜつ》の中が静まりかえった。

「でも」

トーチたる少年は、張り詰めた痛さを、破ることの痛みで塗り替える。

「僕と一緒に生まれたっていう兄《にい》さんが、僕の名前に『二』って字で存在を残したように、今度生まれる弟か妹が、またその名前に『三』って字で、僕の存在を残してくれる。それが、すごく嬉《うれ》しかったんだ」

誰にも答えようのない感慨《かんがい》、その吐露《とろ》によって降りた沈黙《ちんもく》を、

「……そうか」

アラストールが一言、ようやくの答えで和らげた。そして、

「我が、先の契約者と旅をしていた頃――」

「？」

不意の、今まで聞いたこともない、彼自身《じしん》の話に、悠二《ゆうじ》始《はじ》め、一同は驚いた。その『先の契約者』と無二《むに》の戦友だったヴィルヘルミナ、ティアマトーの二人も。

「――彼女は長き放浪《ほうろう》の間に幾度《いくど》も、助産婦《じょさんぷ》、と言うのか……命の誕生に手を貸していた。神罰《しんばつ》という名の破壊を振り撒くのみの存在であった我には、ただ恐ろしいばかりの、たった一つの命をこの世に齎《もたら》す、繊細《せんさい》な作業だったことを、よく覚えている……坂井《さかい》悠二」

「……」

気配のみで答えた悠二に、〝紅世《ぐぜ》〟の魔神《まじん》は、彼が一人の女性――今は亡《な》く、しかし今も愛する唯《ただ》一人の女性から教わった『この世の本当のこと』を、伝える。

「貫太郎《かんたろう》殿と千草《ちぐさ》殿、御両所《ごりようしよ》に新たな子ができたのならば、また次の子も、その次の子も、いずれ生まれ出る可能性がある」

「……！」

思ってもいなかったこと、可能性の大きさに気付かされて、悠二は目を見張る。

「新たな命の可能性、一つ一つを苦しみ齎し、またその子らが次の子らを産み育て、世界は連綿《れんめん》と続き広がってゆく……我らフレイムへイズは、その世界の正常な営みを守る者なのだ」

「……守、る」

いつかの誓《ちか》い——シャナを守ろう、という言葉が、自分の中でさらに大きく膨《ふく》らむのを、悠二は感じる。シャナを、父《とう》さん母《かあ》さん、弟、妹を、これから生まれ来る者を、

「……守る」

静かに頷《うなず》き、自分がいつしか得ていた、大きな力を感じる。

自分の周りにいつしか集《つど》っていた、大きな力の持ち主らを感じる。

異様《いよう》な、今の自分を忘れた、まさに異様な万能感《ばんのうかん》があった。

「僕らが頑張《がんば》れば」

教示《きようじ》したアラストールにも意外《いがい》な言葉が、

「？」

坂井悠二という〝ミステス〟の口から吐き出される。

「いつか、守った未来で、この〝徒《ともがら》〟との戦いを終わらせられるのかな」

言った当人《とうにん》以外の全員が、
ポカン、
と数秒、少年を見つめた。

それが覚め、

「ギャ――ッハハハハハハハハ!!」

最初に笑ったのはマルコシアスである。

「いやー、若《わけ》えモンってなぁ夢がデッケーなあ!!」

マージョリーも、こっちは震える肩に力を込めて我慢《がまん》する。

「い、いいん、じゃない？　望みってのは、大きい方が叶《かな》え甲斐《がい》もあるでしょ」

ヴィルヘルミナとティアマトーまで、なにか堪《こら》える風《ふう》に言う。

「なるほど、粉骨砕身《ふんこつさいしん》すれば、たしかに大概《たいがい》の事象《じしょう》は実現可能《かのう》でありましょうな」

「気宇壮大《きうそうだい》」

しかし、シャナだけが、

「……」

それらの声に惑《まど》わされず、坂井悠二《さかいゆうじ》という少年が、ここに至るまで歩んできた道をしっかりと見据《みす》えた上で、にっこり笑い、頷《うなず》いていた。

自分の口から漏れた大それた望みに動揺《どうよう》していた悠二は、

「……うん」

「シャナ」

強く手を取られ、正気に戻った。

「できるよ、悠二」

「！」

「目的地を定めなければ、そこには決して辿《たど》り着けない。でも、悠二は見つけて、定めた。なら、あとは進めばいい」

少女の引き込まれるような灼眼《しゃくがん》に見つめられた悠二は再び、自分の望みが向かえばすぐにでも叶えられそうな万能感《ばんのうかん》に包まれる。今はそれが錯覚《さっかく》だと分かって、しかしそれでも、

「うん」

強く強く、頷《うなず》き返し、手を握り返していた。

と、

「坂井悠二」

二人の間にアラストールが割って入った。彼は全く優しくない。

「大きな望みとは、まずもって誰からも笑われるものだ。笑われたまま終わるも、笑いを感嘆《かんたん》に変えるも、それは望んだ者の成《な》した事跡《じせき》次第だ」

彼は、望むこと自体を評価したりはしない。ただ、これから進む道は険しく厳《きび》しい、その事実だけを示す。彼は全く、優しくないのだった。

悠二《ゆうじ》は〝紅世《ぐぜ》〟の魔神《まじん》からの、優しくないメッセージを受け取り、決意を示す。

「分かってるよ。口だけで言うには、ちょっと大きすぎるけど」

示して、封絶《ふうぜつ》の空、陽炎《かげろう》のドームを見上げる。

「そのために、まずは小さな僕自身《じしん》を、少し大きなこの街を、なんとかしたいな。生まれてくる弟か妹が、皆が、せめて脅《おびや》かすもののない暮らしを送れるくらいに」

話は振り出しに戻っていた。

そう、なにをするにも、まずはそこから始めねばならないのである。

「うむ。せいぜい、その礎《いしずえ》となる日々の精進《しょうじん》を怠《おこた》らぬことだ」

アラストールが纏《まと》めて、一同の間に、今日はこれまで、という空気が漂う。

と、シャナは、

「あ、そうだ」

悠二の言葉から、先刻来《せんこくらい》の疑問を思い出した。握っていた手を引いて、軽く尋《たず》ねる。

「ねえ悠二」

鍛錬《たんれん》後の、常の気迫《きはく》も薄れた少女が僅《わず》か首を傾《かし》げて尋ねてくる、その仕草《しぐさ》の可愛《かわい》さに、思わず悠二も顔が綻《ほころ》ぶ。

「なに？」

「貫太郎《かんたろう》と千草《ちぐさ》は、どうやって子供を作ったの？」

「ああ、それ――」

悠二は軽く答えかけて、

「――は!?　えっ!?」

思わず屋根瓦《がわら》に踵《かかと》を引っ掛け、転びそうになった。

マージョリーも、ありゃま、と思わぬ展開に笑い、ヴィルヘルミナなどは肩をギクッと跳ね上がらせて硬直《こうちょく》する。

「……？」

シャナは皆の姿を不思議《ふしぎ》そうに眺《なが》め、自分の言っていることの意味を全く自覚できないまま、ただひたすら素直すぎる追及を続ける。

「千草一人で作っちゃ駄目《だめ》なの？」

「うん、そりゃ」

悠二は目線《めせん》を外し、

「貫太郎はめったに帰ってこないんだから、一人で作ればいいのに」

「いや、えーと」

顔を逸《そ》らし、

「いつ完成するの？」

「完成、って」

頭を掻《か》き、

「あ、それと、どうやって弟か妹かを決めてるの？」

「決めるのは、ね」

首をひねった。

「両方作ればいいのに」

「両方、まあ、そういうことも」

立て続けの質問、全てをはぐらかすことに成功した（と考えることにした）少年は、急速旋《せん》回《かい》して、傍《かたわ》らで呑気に硬直《こうちょく》したままの、少女の養育係だった女性、ヴィルヘルミナ・カルメルに尋《たず》ねる。動揺《どうよう》しきってふらつく小声で。

「フ、フふフレイムヘイズとして、ココこういうことは教えてなかったんですか？」

ヴィルヘルミナも狼狽《ろうばい》して、声を表情を僅《わず》かに揺らしていた。

「その、関連の教育は、二次性徴《せいちょう》を迎えてから、と考えていたので、あります」

「幼年出立《しゅったつ》」

（そ、そういえば、シャナが契約したときから年を取ってないとしたら）

どう贔屓目《ひいきめ》に見ても、十二、三歳《さい》そこそこである。たしかにその関連の情報を教えるには早

あわわわわ…
？
ビクッ
！

いのかもしれない。フレイムヘイズとなって以降なら、なおさら必要な情報ではなかった。それを調べることも知ることも、アラストールが許さなかっただろう。

(なんで僕が、その皺《しわ》寄《よ》せを受けなきゃ――)

「ねえ」

会話に取り残されたシャナは、そろそろ表情に不審《ふしん》を加えている。

「どうして内緒話《ないしょ》してるの? なにか、私に隠《かく》して……あ、そうだ」

名案《めいあん》に気がついて、自分の胸元を見た。

「アラストール」

「うぬうっ!?」

予想外《がい》の災難《さいなん》に、思わず声が上ずる〝紅世《ぐぜ》〟の魔神《まじん》である。

「さっき命の誕生のこと――」

「ちょ、『弔詞《ちょうし》の詠《よ》み手《て》』!」

咄嗟《とっさ》に年長の女性へと話を振ろうとした彼の前から、

「んじゃ、また明日ねー」

「ごめんあさーせ、オホホのホ」

薄情《はくじょう》なマージョリーとマルコシアスが夜空に飛び去ってゆく。

「――な、なんと卑劣《ひれつ》な」

「なに、みんなで変な感じ。ヴィルヘルミナ」

険悪《けんあく》な顔で睨《にら》むシャナをあえて無視して、ヴィルヘルミナはその胸元のペンダントにのみ視線を固定して訊《き》く。

「ゾフィー・サバリッシュに一時期、師事《しじ》していたのでは？」

「あれからは、女性としての嗜《たしな》みを最低限、教わっただけだ。期間も短かった」

「むー……」

一向《いっこう》に取り合ってくれない面々《めんめん》との会話をシャナは切り上げ、最初に尋《たず》ねた相手、先ほどまでの確信の姿もどこへやら、動転《どうてん》の極みにある少年へと向き直る。

「……悠二《ゆうじ》」

「べべ、別に教えるのは、いいけど」

「良くないのであります」

「僭越至極《せんえつしごく》」

即座《そくざ》に否定された悠二は真っ赤になって悲鳴を上げる。

「じゃあ、どうしろってんです!?」

「ともかく、貴様《きさま》から教えることだけは許さん！」

「下手《へた》な情報を提供した場合、分かっているでありましょうな!?」

「即刻処刑《そっこくしょけい》！」

「もう、どうしてみんな無視するの!?」

シャナを除く、動揺《どうよう》しきった一同が、翌朝《よくちょう》にでも千草《ちぐさ》当人と協議しよう、という至極妥当《しごくだとう》な名案《めいあん》を思いつくまで、さらに数分を要した。

断章　魔群の行進

山間に凝《こご》る夜の闇《やみ》を、列車の警笛《けいてき》と前照灯《ぜんしょうとう》が薄く破る。

単線《たんせん》を猛《もう》スピードで駆け行くそれは、コンテナや家畜車《かちくしゃ》、材木運搬《うんぱん》用の長物《ながもの》車などを並べ連ねた貨物《かもつ》列車だった。その一両に、乗客の姿がある。あるわけのない切符《きっぷ》も当然購入《こうにゅう》してない、行きずりに飛び乗った無賃《むちん》乗車である。

強風乾地《かんち》、日照も悪い植生《しょくせい》環境からか、低い灌木《かんぼく》だけが暗中《あんちゅう》に延々《えんえん》過ぎる寒々しい眺《なが》めを、その乗客の一人たる男は、車窓《しゃそう》からではなく、コンテナの上に立って観望《かんぼう》していた。

山間を縫《ぬ》って進む悪路《あくろ》も、男の屹立《きつりつ》に微塵《みじん》の揺らぎすら与えられない。

ダークスーツを纏《まと》った長身に、オールバックのプラチナブロンドとサングラス、という男の全身には、情景《じょうけい》以上の不気味《ぶきみ》な違和感《いわかん》が充溢《じゅういつ》していた。口元に咥《くわ》えた煙草《たばこ》に濁《にご》った紫《むらさき》色の火を点《とも》して、悠然《ゆうぜん》と一つの到来《とうらい》を待つ。

と、その背後から、

「将軍、〝翠翔《すいしょう》〟殿が参られました」

片膝《かたひざ》を突いて控える黒服の男が告げた。

同じく、並んで片膝を突く白服の女が賞賛《しょうさん》する。

「さすが、定刻《ていこく》どおりですね」

将軍と呼ばれた男は他意《たい》なく笑い、

「律儀《りちぎ》な奴《やつ》だ」

ぷっと煙草を線路に吹き捨てた。サングラスに隠《かく》した目線《めせん》を、上へと向ける。

暗中に、より深い影として迫る峰《みね》と峰、その間に薄い星々を覗《のぞ》かせる狭い空に、縹色《はなだいろ》の光点が明滅《めいめつ》していた。

航空機の標識灯《ひょうしきとう》と違い、発光しているのは一点のみ。

それが、見る間に大きくなる。谷底に向かう山颪《やまおろし》、疾走《しっそう》する列車に巻く乱流《らんりゅう》すらも意に介《かい》さない、大きな翼《つばさ》を広げた悠然《ゆうぜん》たる滑空《かっくう》が、縹色の輪郭《りんかく》を浮かべる。列車と併走《へいそう》すること数秒の内に、胸の口中に点していた縹色の火を消して、最後の羽ばたきを数度。走る列車の屋根、将軍と呼ばれた男の前に、ぴたりと着地する。

そうしてすぐ、それは他の二人がするように、片膝を突く復命《ふくめい》の姿勢を取った。

「ただいま戻りました、将軍〝千変《せんぺん》〟シュドナイ閣下《かっか》」

畏《かしこ》まった口調《くちょう》で告げたのは、大きな鳥とも人とも見える怪物《かいぶつ》。腕を翼、足を鉤爪《かぎづめ》とした、首なしの異容《いよう》。目は大きく張った両胸に、口はその下に一線《いっせん》大きく裂けていた。

「ご苦労。よく追いつけたな、ストラス」

諸々《もろもろ》の機密《きみつ》事項折衝《せっしょう》のため『星黎殿《せいれいでん》』へと出向いていた布告官《ヘロルト》〝翠翔《すいしょう》〟ストラスに、将軍〝千変《せんぺん》〟シュドナイは、［仮装舞踏会《バル・マスケ》］三柱臣《トリニティ》が一柱《ひとはしら》、労《ねぎら》いの言葉をかけた。

ストラスは翼《つばさ》を畳《たた》み、身を屈《かが》める。

「いえ。列車は、運行《うんこう》状況を把握《はあく》してさえいれば、追うのに特段《とくだん》の苦労は」

「で、ベルペオル《ババア》はなんと言っていた？」

生真面目《きまじめ》な返答に苦笑《くしょう》しつつ、シュドナイは早々に本題《ほんだい》を尋《たず》ねた。

ストラスは屈めた身の下から答える。

「は。当面は現状の作戦《さくせん》行動を継続《けいぞく》せよ、とのことです。我が一存《いちぞん》でお伺《うかが》いしたところ、積極的な攻勢は当分先《とうぶんさき》になる、とのお言葉も賜《たまわ》りました。まずは隠密《おんみつ》行動こそ大事、偶発《ぐうはつ》的に遭遇《そうぐう》する敵、あるいは外界宿《アウトロー》だけを飲み込んでいれば良い、とも」

「長々とおまえを引き留めておいて、それだけか」

肩をすくめる将軍に、鳥男《とりおとこ》はさらに姿勢を下げた。

「現在の状況下、軍勢《ぐんぜい》を密《ひそ》かに、いつでも使える規模で纏《まと》めておけるのは将軍閣下《かっか》だけ、ゆえに時節到来《じせつとうらい》までは大いに頼りにさせてもらう、と最後に仰《おお》せられました」

「うふふ」

シュドナイの背後にある白服の女が、小さく笑う。

「これはまた、参謀《さんぼう》閣下らしからぬ、見え透《す》いた御追従《ごついしょう》ですこと」

「控えよ、レライエ」

隣《となり》にある黒服の男が、鋭く叱責《しっせき》した。叱責して、その鋭さのまま、誇らしげに続ける。

「それに、お言葉は事実だ。同胞《どうほう》殺しの道具どもを捜索猟兵《イェーガー》の耳目《じもく》を使ってかわしつつ、適時巡回士《ヴァンデラー》を収容、避け難き接敵《せってき》には差し向け、殲滅《せんめつ》する……戦《いくさ》の要諦《ようてい》たる行軍《こうぐん》を、これほど繊細《せんさい》大胆《だいたん》に運用し得る〝紅世《ぐぜ》の王〟は、当代といわず古今《ここん》、我らが将軍を措《お》いて他にない」

「くっく……」

とシュドナイは配下の無邪気《むじゃき》な称揚《しょうよう》を笑った。

「それこそ追従だな、オロバス。せめて、俺のいないところで言ってくれ」

「は。そういたします」

オロバスと呼ばれた黒服の男は平然《へいぜん》と答え、頭を下げた。

その姿に、僅《わず》かな皮肉《ひにく》を込めてシュドナイは言う。

「デカラビアの下でも、そういう殊勝《しゅしょう》な態度でいてくれれば、多少は面倒《めんどう》も減るんだがな」

「……」

押し黙ったオロバスを、

「うふふ、将軍も存外《ぞんがい》に地獄耳《じごくみみ》ですこと」

と、レライエが意地《いじ》悪《わる》く笑い、

「私が報告したのです」

また、ストラスが律儀《りちぎ》に答えた。

「作戦の本格的な始動《しどう》を前に、味方同士でいがみ合っていては、勝てる戦《いくさ》も落としてしまいますから。お叱《しか》りは受けます」

どちらが上席《じょうせき》というわけでもない、僚友《りょうゆう》の謙虚《けんきょ》な苦言《くげん》を、オロバスは短く、

「いえ……事実を言って悪い法は、ありません」

と重い肯定で返す。

そんな配下らのやり取りを背に、シュドナイは煙草《たばこ》の箱を取り出し、新たな一本を咥《くわ》えて抜き出した。自然と、濁《にご》った紫《むらさき》色の灯《ひ》が点《とも》って、紫煙《しえん》が夜行列車の軌道をなぞるように後ろへと流れ落ちて行く。その煙の中、

（せめて、オルゴンとガープがいれば、編成の面子《めんつ》も選べたのだがな）

ここ数年の内に次々と欠けた、組織の重要な構成員らを惜しむ。

〝千征令《せんせいれい》〟オルゴンと〝道司《どうし》〟ガープは、それぞれ強大な〝王〟であり、また単純な力だけでなく、軍勢《ぐんぜい》を纏《まと》める統率《とうそつ》力と智謀《ちぼう》をも兼ね備えた、千軍万馬《せんぐんばんば》の将帥《しょうすい》でもあった。

大命遂行《たいめいすいこう》に際して必然的に起こる、大きな戦いでの活躍も当然、期待されていた二人は、しかし平時の作戦《さくせん》行動中に、音信を途絶《とだ》えさせている。これらの状況は〝徒《ともがら》〟には珍しくない。まず間違いなく、フレイムヘイズによって討滅《とうめつ》されたものと思われた。

久方ぶりに［仮装舞踏会《バル・マスケ》］へと復帰したシュドナイとしては正直、二人の欠損《けっそん》は想定外《そうていがい》だった。彼も一翼《いちよく》を担《にな》い率《ひき》いるこの組織は、元来が互助《ごじょ》共生をこそ主眼としており、戦闘はその一環《いっかん》たる作業以上の行為ではない。数百年に幾度《いくど》か勃発《ぼっぱつ》した戦時においても、ほぼ決まった面子が戦闘の指揮《しき》に当たっていたのである（オルゴンなどは、ゆえに組織内で『戦争屋』とまで呼ばれていた）。

その重要な面子の二人が揃《そろ》って、まさしく冗談《じょうだん》のようにあっさりと退場したことで、全軍を統率する将軍・シュドナイは、戦時編制《へんせい》の見直しを余儀《よぎ》なくされていたのだった。

（デカラビアも有能ではあるが、とにかく変物《へんぶつ》だからな……オロバスに限らず、好悪《こうお》の感情が極端《きょくたん》に分かれてしまうのも無理はない……その点、オルゴンやガープは、戦《いくさ》そのものには真摯《し》で使いやすかったんだが）

シュドナイは再び紫煙を吹いて、苦《にが》く苦く笑う。

（ババアじゃないが、まさしくこれが『ままならぬ』というやつか）

その上官《じょうかん》の苦さを、吐息《といき》に感じ取ったストラスは、屈《かが》めた身を僅《わず》かに起こした。今、確かに在る軍勢の威容を、腹に裂けた口で静かに称える。

「また、増えましたな」

ディーゼルの騒音《そうおん》を吸い込む夜の山間、深々《ふかぶか》満ちる闇《やみ》の中、落ち窪《くぼ》む谷を跳ぶ影、底を縫《ぬ》う川面《かわも》を蹴《け》る影、低層の灌木《かんぼく》を踏む影、急勾配《きゅうこうばい》の山肌《やまはだ》を駆ける影、大きな影、小さな影、長い夜の帳《とばり》に紛《まぎ》れて、無数無音《むおん》の軍勢《ぐんぜい》が、貨物《かもつ》列車と併走《へいそう》しているのだった。

シュドナイが直率《じきそつ》する［仮装舞踏会《バル・マスケ》］の主力軍である。

言葉に誘われ、その光景へと目を落とした一同の背に、
影、短い影、影、影、影……

バラン、
と幽玄《ゆうげん》な弦音《つるおと》が零《こぼ》れた。

「これぞまさしく『魔群の行進《ヴィルデ・ヤークト》』……」

青年の声が言って再び、バラン、と古びたリュートが爪弾《つまび》かれる。

コンテナの端《はし》に、その男が背を向けて座っていたことに、ストラスはようやく気付き、同時に正体も察して、ギョッとなった。

「ロ、ロフォカレ⁉　貴様《きさま》、こんな所でなにをしている⁉」

「ふっふ、なにを、とはまた異《い》なことを仰《おっしゃ》る」

ロフォカレ、と呼ばれた男は、鼻にかかった高慢《こうまん》な調子で笑い、胡坐《あぐら》をかいた姿勢のままクルリとストラスの方に向き直った。

顔まで隠《かく》れる大きな三角帽《ぼう》に、襟《えり》を立てた燕尾《えんび》服《ふく》。軽く抱えた古風《こふう》なリュートとは微妙《びみょう》にズレた、面妖《めんよう》な出立《いでた》ちである。しかし、ストラスが驚いた理由は、その外見《がいけん》にはない。

「楽師《がくし》がそこにいる理由は常に一つ。ただ奏《かな》でること。違いますか？」

「……」

馬鹿にするような言い草にストラスは答えず、僚友《りょうゆう》二人に胸の両目を流し、説明を求めた。

オロバスは、彼と同じ心持ち……不審《ふしん》と不快を声色《こわいろ》で示す。

「参謀閣下《さんぼうかっか》の、御差配《ごさはい》だそうです」

レライエの方は諦念《ていねん》を込めて笑う。

「世界各地から、私たち［仮装舞踏会《バル・マスケ》］に限らない、大命遂行《たいめいすいこう》に必要な者が動員され始めているのですよ。『星黎殿《せいれいでん》』に行く、と仰るので、同行を許可する代わりに、停泊地《ていはくち》までの索敵《さくてき》をお願いしました」

シュドナイが、それらの反応を可笑《おか》しげに眺《なが》め、紫煙《しえん》のついでに声を放る。

「なにせ、こいつはその手の能力にだけは長《た》けているからな」

言われたロフォカレは、その発言の、だけ、の部分ではない箇所に反応した。

「素敵、などという無粋《ぶすい》な表現ではなく、感受性、と言って頂きたいものですね」

訂正を求めてまた、バラン、とリュートを爪弾く。

意外《いがい》な人物の登場に戸惑《とまど》うストラスに、オロバスが説明を補足《ほそく》した。

「軍勢の規模は大きくなる一方だというのに、その全体をカバーするだけの捜索猟兵《イェーガー》が不足しているのです。作戦の性質上、情勢把握《はあく》こそが本筋《ほんすじ》、我々に回せる人員が限られるのも分かるのですが……」

「常に必要最低限《さいていげん》しか人員を回さないことで、現場での遣《や》り繰《く》りを暗に促《うなが》すのは、参謀閣下《さんぼうかっか》の悪い癖《くせ》ですわ。全く、誰も彼もが大《だい》回転」

レライエも隠《かく》さず不満を漏らす。

配下《はいか》の二人に、言いたかった不満を先取りされたシュドナイは苦笑《くしょう》して、代わりに煙草《たばこ》を大きく吸って、話の間を取る。

「やることなすこと、ままならぬ……誰だって、そう、ババアだってそうなのさ」

オロバスとレライエが、ストラスが、ロフォカレも、その声に笑いを感じ、列車の周囲に魔《ま》群《ぐん》の疾駆《しっく》を感じ、なにより、行く手の闇《やみ》に凝縮《ぎょうしゅく》された時流《じりゅう》の力を、感じる。

「だが、それもいいじゃないか」

将軍は牙《きば》を剥《む》いて、狭くも星に満ちる空を見上げる。

「戦いが、俺たちを待っているのだからな」

3　決意と決意

池速人《いけはやと》の日々は忙しい。

校門が開いたばかりの早朝、生徒会の使う会議室へと、

「おっはよ～、池君」

言って、眠たげに入ってきた藤田《ふじた》晴美《はるみ》に、『メガネマン』は笑って答える。

「おはよう、藤田さん」

彼は現在、正義のヒーローたるの代名詞《だいめいし》でもあった一年二組のクラス委員に加え、生徒会役員（役付きでない者は単にこう呼ばれる）をも拝命《はいめい》している。今朝《けさ》の会議室の準備も、その一つだった。役員ではない藤田がここに来たのは、クラス委員兼《けん》役員の手伝いを義務付けられたクラス副委員だからである。

市立御崎《みさき》高等学校生徒会は、基本的にその役員を推薦《すいせん》と信任《しんにん》投票で決める。年に一度の清秋祭《せいしゅうさい》でクラス委員を運営委員会として招集《しょうしゅう》、その一、二年生の中からこれはと見込まれた者を生徒会が推薦、一般生徒が投票を行って信任、という方式だった。

この御崎《みさき》高校独特のヘッドハンティングに、池速人《いけはやと》は見事、引っかかった。彼は清秋祭《せいしゅうさい》の直後、生徒会から役員への推薦《すいせん》を受け、投票によって信任されたのである（十中八九《じっちゅうはっく》、否決されることは在り得ないので、推薦された時点で決まりだった）。

以来二月ほど、彼は『クラスのメガネマン』から、より規模の大きな『全校のメガネマン』として、大きな働きを見せている。諸々《もろもろ》の雑用に便利使いされている、とも言うが。

その雑用に、しかも早朝、義務とはいえ呼びつけてしまったことを、律儀《りちぎ》な彼はまず謝る。

「ごめんね、朝早くから」

「今、二年生いないし、しょーがないわ」

藤田《ふじた》は眼鏡《めがね》を上げて目をこする。彼女は文芸部なので朝練《あされん》などには縁《えん》がなく、おまけに低血圧《ていけつあつ》だった。もっとも、根は真面目《まじめ》なので、倦怠感《けんたいかん》も嫌々《いやいや》というほどではない。

「今日は机と椅子《いす》の準備だけじゃなくて、プリントの仕分けなんかもあってさ。一人じゃ辛《つら》かったんだ」

「はいはい、なんなりとお申し付けを」

動く内に、軽口《かるくち》も出るほどには目も覚める。

二人は、会議室にあるキャスター付きの机を、通常の教室のような白板と平行に幾列《いくれつ》も並ぶという常態《じょうたい》から、生徒会の会議用の、方形《ほうけい》へと組み替えてゆく。

池は、作業の中ほどで、

「抜いた椅子を、そっちの端《はし》に並べてって」

お手伝いのクラス副委員が楽にできる指示を出した。

「はーいはい」

藤田は言われたとおり、教室にあるものとは違う、クッションとキャスターの付いた椅子をゴロゴロ転がしていく。強引《ごういん》な仕切り屋である彼女も、今日は余計《よけい》なことはしない。

今、生徒会の主力メンバーたる二年生は遅い修学旅行で、遠い京都《きょうと》の空の下である。この準備は、日々の雑務に慣れてきた一年生に作業を任せる、演習も兼ねているのだった。

と、藤田が椅子を並べる傍《かたわ》ら、緩慢《かんまん》に口を開く。

「池君てさー」

「ん？」

「最近、ちょっと変わった？」

「えっ」

いきなり意外《いがい》なことを訊《き》かれて、池は思わず作業の手を止めた。

「変わったって、なにが？」

「んーと、ね」

訊き返された藤田の方は、特に深い意味を込めたつもりではないらしい。のんびりと、考え考え、椅子を並べながら答える。

「以前だったら、こういう二人でやればいい用事があっても、僕《ぼく》一人で大丈夫だよ、みたいに遠慮《えんりょ》してたじゃない？　私、副委員になってから初めてだもん、池君《いけ》を手伝ったの」

「そう言われれば、そうかな」

指摘《してき》されてようやく気が付いた。今やっている会議室の準備も、特別《とくべつ》大変なわけではない。少し頑張《がんば》れば、自分一人でこなせる程度の作業だった。

（なにか、変わったのかな？）

自分では特に思い当たる節《ふし》もない。今日のことも、単に二年生がいないので、いつもは手伝っている自分を、誰かに手伝ってもらおう、程度にしか考えていなかった——はずである。

藤田《ふじた》は最後の椅子《いす》を壁際《かべぎわ》に揃《そろ》えて、そこに座った。なにか彼女的にツボに入ったらしい追及を続ける。好奇心《こうきしん》による興奮《こうふん》からか、声にも態度にも、ややの元気が出ていた。

「前の、ほら、三組と揉《も》めたときだって、外からもっともらしいこと言うだけじゃなくて、間に入って体で止めてたじゃん。あれ結構《けっこう》、女子に受け良かったよ？」

最後の部分を、わざと強調する。

池の方は、苦笑《くしょう》で返した。

「はは、そりゃどーも」

数日前、くだらないことで隣《となり》のクラスとケンカになったことは、無論《むろん》よく覚えている。

「僕としちゃ、他人のケンカに出しゃばった上に殴《なぐ》られて、かなりカッコ悪かったなー、とか思ってたんだけど」

池が当事者たちの間に入って、とばっちりでぶん殴られ、それに怒った佐藤《さとう》や田中《たなか》が危うく大乱闘《だいらんとう》を起こしそうになり、悠二《ゆうじ》や緒方《おがた》らと必死に止めて、最後はシャナが一喝《いっかつ》して……なんとか事態《じたい》は収まった。

ヒーローだのメガネマンだの持ち上げられていても、そういつも上手《うま》くは行かない、という教訓《きょうくん》として彼自身《じしん》は受け止めていたのだが、他人にとってはそうではなかったらしい。

「そんなことないってば。みんな、メガネマンが前に出た、ってビックリしてたもん。こういう手伝いのことだって、変に遠慮《えんりょ》せず言ってくれた方が、私はスッキリするな」

テキパキ物事を処理することを好む藤田らしい物言《ものい》いだった。

池は、抱いた疑問を置いて、とりあえずそのお言葉に甘える。

「そうなんだ。じゃあ、これからも頼んでいい？」

「いいよ。あ、でも早朝はできるだけ勘弁《かんべん》して。私、朝弱いから」

藤田は手をひらひらさせて、自分の希望も率直《そっちょく》に述べた。

「元気いっぱいに見えるけど」

「そう？」

二人して笑い、今度は並べた机の上で、プリントを分配する準備を始めた。

と、プリント枚数を数えていた藤田が、さっきの追伸《ついしん》のように言う。

「なんか、前の池君《いけ》ってさ」

「ん？」

「清秋祭《せいしゅうさい》のときみたいに、なんでもできる分、一人で全部抱《かか》え込んじゃって、周りから見たらすごくもどかしかったんだよね」

「！」

「そりゃ、やってもらえる方は楽でいいけどさ」

「……」

自分でも分かっていた、分かっていてどうしようない、それが性分《しょうぶん》なのだ、と諦《あきら》めていた欠点をいきなり指摘《してき》されて、池は固まった。

女子はその手の反応に敏感《びんかん》である。

「あ、なんか踏んじゃった？」

「……まあね」

「ごめんごめん」

藤田《ふじた》は笑って謝った。謝って、あっさりと言う。

「もう変わったんだから、いいんじゃないの？」

そのさばさばとしすぎる点は、彼女の長所であり短所でもあった。

いつの間にか起きていたらしい変化を、言葉で指摘される半分も自覚できない池としては、中途半端《ちゅうとはんぱ》な現状に慨嘆《がいたん》するしかない。

「変わった、か。そういうの、自分では分からないんだよな」

今までの、特段《とくだん》自己主張が強いわけではない、与えられた仕事を的確《てきかく》にこなせば無駄《むだ》が省ける、その方が自分にも他人にも良いことだ、という至極《しごく》単純なルールでやってきた——どうやら過去形で語らなければいけないらしい——自分の事を思い、ポロリと本音が、

「けど、変えたくは、あったかも」

嫌になるほど冷静だった自分への反発が、口を突いて出ていた。

それを、少しずつでも変えたがっている熱意、あるいは変えられない苛立《いらだ》ちの表れかもしれない行為……今までは無意識だった、これからは違うだろう行為について考える。

藤田の方は、そこまで彼が深く考えているとは思わない。

「うんうん。変えたかったんなら変えなさい。池君なら、ちょっと強引《ごういん》なやり方でも、みんな付いて来ると思うよー？」

指を立てて、暗示《あんじ》をかけるようにグルグル回した。

池は少し考えて、首をひねる。

「そうかな？」

「そうよ。さ、そろそろ仕事を片付けないと、登校時間になっちゃう！」

相変わらず強引、一方的に話を打ち切って、藤田はプリントの束との格闘《かくとう》を始めた。

池《いけ》も無言で彼女に倣《なら》う。

(じっくり待って、気持ちを整理するつもりだった……でも、そう考えてた自分が変わったときは、どうすればいいんだろう?)

変わったらしい自分は、迷いや悩みをなくすどころか、むしろ新たに増やしてすらいた。


佐藤啓作《さとうけいさく》の日々は悩ましい。

彼は今日も、半月ほど前から続けている……不本意《ふほんい》な登校前の儀式《ぎしき》を行っていた。

「……」

佐藤家は、旧《きゅう》地主階級《かいきゅう》の人々が集住《しゅうじゅう》する旧住宅地の中でも指折りの旧家《きゅうか》であり、その邸宅《ていたく》敷地ともに、豪邸《ごうてい》と呼ぶに相応《ふさわ》しい構えを誇る。廊下も当然のように広く長く、昼勤《ちゅうきん》のハウスキーパーらの手によって、掃除は完璧《かんぺき》なまでに行き届いていた。

今、佐藤はその廊下の奥まった場所、電話の前に突っ立っている。

その電話は、コードレスほど新しくはなく、黒《くろ》電話ほど古くもない。

佐藤家に電話がかかってくることは稀《まれ》、こちらからかけることはもっと稀、という利用状況から、特別な利便性は必要ないのだった(余談《よだん》ながら、佐藤自身《じしん》も携帯は持っていない)。登《とう》録《ろく》番号も、クラスメイト数人の他はハウスキーパーからあちらへの連絡用一つきり。

「………」

手を受話器にかけて、

「………ッ、よし！」

自分に向かって活を入れて、

「………」

軽い受話器を持ち上げようと渾身《こんしん》の力を込め、

「………」

冷や汗をダラダラと流して――結局、手を離した。

佐藤が、毎朝の登校前に行うようになった儀式の内容は、『受話器を取って、あちらへの連絡用のボタンを押す』、それだけだった。だった、が、まだ一度もそれを完遂《かんすい》できたことはなかった。なかった、が、それでも断じて行う。

「……はあ」

その、深く溜《た》め息《いき》を吐《つ》く少年の背中に、

「今日もまたまた『ハア～』と来たもんだ、ヒャーハハハハ！」

「毎朝毎朝、飽きないわねえ」

軽薄《けいはく》な笑い声と酒臭《さけくさ》い呆《あき》れ声がかけられた。

「うわあっ!?」

振り向いた先に、やや足元おぼつかなく立っていたのは無論《むろん》、佐藤《さとう》家の室内バーに居《い》候《そうろう》するフレイムヘイズ、『弔詞《ちょうし》の詠《よ》み手《て》』マージョリー・ドーである。

緩く帯《おび》を結《むす》んだ浴衣《ゆかた》、乱れた下ろし髪とずれた眼鏡《めがね》、手に提《さ》げた空《から》のボトル、というだらしない身形《みなり》から、寝起きであることは容易に察することができた。

どうやら昨晩か早朝かに、やってきた先……日本庭園《ていえん》辺りで一杯やって、そのまま寝込んでいたものらしい。今からバーに戻って寝なおす途中に、運悪く出くわしてしまったのだった。

(い、いや、それより)

佐藤は、さっきの二人の言葉を思い出して、

(今日も？　毎朝？)

大いに大いに焦る。

「し、知って、たんですか」

万《まん》が一《いち》の幸運があるかもしれないので、念のために、訊《き》いておく。

もちろん二人が素直に、その希望を叶《かな》えてやるわけもない。

マージョリーは、対照《たいしょう》的に淡白《たんぱく》な口調《くちょう》で、

「さあ、どーかしら？」

マルコシアスも、こちらはややおどけて、

「ま、せーぜー頑張《がんば》んな」

それぞれ、確かな言葉では答えずに、佐藤の傍《かたわ》らを通り過ぎた。

（止めるのも、励《はげ》ますのも）

（男にゃ野暮《やぼ》ってもんだわな、ヒヒ）

こうなった事情を、二人は思い返す。

二ヶ月前の、フィレスとの戦いから少し経《た》ったある日、

「どうか、俺にフレイムヘイズのことを、今の俺にもできることを、教えてください！」

佐藤は緊張《きんちょう》と切迫《せっぱく》の面持《おもも》ちで、彼女に求めたのだった。

そのとき、マージョリーは室内バーで、泥酔《でいすい》したヴィルヘルミナから、

「あ、あ、あの子が……あの子が……私にも、中を見せてくれない……秘密の小箱、なるものを、持っていて——」

云々《うんぬん》、長々と保護者の愚痴《ぐち》を零《こぼ》されていたところだったので、話題の転換に丁度《ちょうど》いいネタとばかり、適当に質問に答えてやった。

（あれが、間違いの元ってやつかしら）

（思わぬ大穴《おおあな》、大正解《だい》の種《たね》かもしんねーぜ？）

今となっては、なにをどういう順番で話したのかも覚えていないが、ともかく、佐藤は彼女が語った中から、自分にとっての答えを見つけ出していた。

フレイムヘイズの情報交換《こうかん》・支援《しえん》施設『外界宿《アウトロー》』である。

語った当人にとっては特段《とくだん》の意味もない、数ある話題の一つでしかなかったそれの意義を、自分から見た実現性を、どうやら佐藤《さとう》は真剣に考え続けているらしかった。

マージョリーは当初、彼がフィレスの一件以来《いらい》おとなしくなったのは、田中栄太が訪れなくなったためだとばかり思っていた……が、ほどなくヴィルヘルミナから、自分の元に外界宿《アウトロー》の詳細《しょうさい》を尋《たず》ねに来た、と聞かされて、全ての行為が繋《つな》がっていると気付いた。

彼が四六時中《しろくじちゅう》行っていた、身体のトレーニング量を減らしたこと。

減らした分の時間を、自室での勉強に当て始めたこと。

少し辛《づら》い場所に電話をかけようと挑《いど》み始めたこと。

軽薄《けいはく》さから、薄さが消え始めたこと。

すべては一つの目標に向かって伸びる道、あるいは積み上げられる土台だった。彼がそうする理由は、同じくヴィルヘルミナから聞かされている。

(ほんと、バカなんだから)

(あん？　バカは嫌いじゃなかったはずブッ！)

ボン、と〝グリモア〟を軽く叩《たた》きつつ、今は立ち尽くす男を背に、マージョリーは自室である室内バーへと向かう。励《はげ》ましの言葉はかけず、悩みを聞いてやることもしない。マージョリー・ドーという女は、男に冷たかった。

(悩めるってことは、ちゃんと考えてるってこと……なら、それを止める理由はない)

相棒《あいぼう》にも伝えない声で、一人、密《ひそ》かに思う。

（ケーサクもエータも、自分の力で、その悩みを抜けてもらわないと、ね）

女からの助言が、男にとって容易に甘えの心を生じさせてしまうことを、それが往々《おうおう》にして男を駄目《だめ》にする悪い酒であることを、彼女はよく知っていた。

（どこへ、向かうにしても）

だから彼女は、男に声をかけない。

一方の、なにも知らず電話の前に取り残された男、佐藤は、自分の無様《ぶざま》な行為を、二人が先刻承知《せんこくしょうち》だったことで、大いに落ち込んでいた。

「はあ……」

彼が、外界宿《アウトロー》に願いの焦点を移し、より一層の熱意と真摯《しんし》さで臨《のぞ》むようになった、その理由は言うまでもない、二月前、清秋祭《せいしゅうさい》の日に起きた、二つの戦いにあった。

（……いや、こんな程度で落ち込んでどうするよ）

一つ目の戦いで、彼はたまたま戦場の光景、フレイムヘイズと〝徒《ともがら》〟の引き起こす惨状《さんじょう》から目を逸《そ》らす幸運に見舞われた。その戦いを目撃《もくげき》した親友が落ち込む姿を見て……しかし彼は、その幸運を次の、二つ目の戦いで捨てる決心をした。

なにがそこまでさせたのか……ともかくも彼は見た。

静止する世界の中、降りかかる炎《ほのお》に焼かれる人々を。

押し寄せる衝撃波《しょうげきは》や爆風《ばくふう》に薙《な》ぎ倒される生徒たちを。

巨大な臙脂《えんじ》色の立方体や球に圧殺《あっさつ》される友人たちを。

衝撃と眩暈《めまい》と吐き気、恐怖と狂気と悩乱《のうらん》を骨の髄《ずい》まで染み込ませて、なお見据《みす》えた。

そして、それらを見据えた上で、彼は親友とは正反対の方向に進むことを決めたのだった。

外界宿《アウトロー》という方向に。

今の自分にできる、マージョリーへの助力の、それが見つけた一つの形だった。マージョリー・ドーという、荒れ狂う憤怒《ふんぬ》の様《さま》を顕《あらわ》にした、あの女性への、ただ付いて行くという自己満足などではない、それが本当の助力のはずだった。

(そうさ、そのためになら)

この自分、御崎《みさき》市どころか県でも地方でも顔の利く有力者の息子《むすこ》、という生まれ持っての門《もん》地《ち》、疎《うと》ましいだけだった境遇《きょうぐう》を使うことだって厭《いと》わない。

(いや、むしろ有利に働くはずだ)

抱いた決意、目指す行為を実現させるために、まずは不仲《ふなか》な、ただここにいるだけと思われ
ているだろう父と和解《わかい》――とまで行かずとも、まず話し、接し、せめて今在る自分がどれほど使えるのかを捉《とら》え直さねばならない。

(そう、その程度のこと、小さなことさ……)

念じてはみても、物心《ものごころ》ついてから自分で育ててきた嫌忌《けんき》と逃避《とうひ》は、あまりに重い。

「……くそっ」

やはり、受話器は上がらなかった。

田中栄太《たなかえいた》の日々は重苦しい。

旧《きゆう》住宅地の一角、一緒に登校する待ち合わせ場所で、

「おはよー、田中」

クラスメイトの緒方真竹《おがたまたけ》に明るい声をかけられても、

「よう」

と短く答えるだけである。気持ちのいい晴れた朝日にも、心はスッキリしなかった。

「今日は、バレー部の朝練《あされん》なかったんだな」

「は？　なに言ってんのよ、もう」

待ち合わせの時間は、昨日《きのう》の帰りがけに言い交わしてある。その時間通りに来てから、というピントの外れた質問に、緒方は呆《あき》れ顔を作った。

「修学旅行中はレギュラーの大半がいないから、クラブも放課後の基礎《きそ》練習だけ、って昨日も一昨日《おととい》も言ったと思うんだけど？」

「そうか、すまんすまん」

謝る笑いにも、いま一つ力が入らない。どんなときでも元気だけは無駄《むだ》にある、という常の自分には在り得ない様《さま》を、少し心配げに見る緒方《おがた》に気が付いて、

(いかん)

必死に心を鼓舞《こぶ》する。

「と、とにかく行こうぜ」

と促《うなが》してから、半《なか》ば誤魔化《ごまか》しのように口を開いた。

「修学旅行っていや、今日は昼から大《おお》掃除するとか言ってたな」

「うん」

緒方も笑って横に並び、

「三年生が受験、二年生が修学旅行でしょ。そっちの受け持ちとか含めて、校庭端《はし》の排水溝《こう》とか体育倉庫《そうこ》とか、普段やらない場所も一年生全員で片付けちゃうんだって」

クラス委員や部の先輩《せんぱい》からの受け売りを開陳《かいちん》する。

田中《たなか》は、冬特有《とくゆう》の透《す》き通った晴天を見上げた。閑静《かんせい》な旧《きゅう》住宅地、その高い塀《へい》の間から覗《のぞ》く空は、辛《つら》いほどに広く深い。吹きゆく風も、肌《はだ》に感じる以上に冷たく思えた。

「担当するとこ、外じゃなきゃいいんだけどな」

「なに軟弱《なんじゃく》なこと言ってんのよ!」

バン、と緒方はその丸まりかけた背中を叩《たた》く。

「らしくないわよ。体動《うご》かすことなら、なんだって張り切るくせに」

「いてっ」

と、手だけでなく声で叩いても、

「まあ、そうか、うん」

田中の答えは歯切れが悪い。

(もう)

緒方は、そんな彼の様子《ようす》に、密《ひそ》かな溜《た》め息《いき》を吐《つ》いた。

二ヶ月前の清秋祭《せいしゅうさい》からこっち、田中がなにか悩みを抱えているらしいことは分かっていた。仮にも好きだと告白した相手だったし、それ以前からの付き合いも長い。もっとも、通じ合うと言うほどに深くもない――それは未来への課題である――ので、

(たぶん、あのことと関係あるんだろうけど)

と察するのがせいぜいではあったが。

清秋祭の一日目、どういうわけか自分に抱きついて、彼は泣いた。その日はベスト仮装賞《かそうしょう》の授賞式で突風《とっぷう》騒ぎなどがあったものの、特に怪我《けが》などした覚えもない。どころか、その寸前には一緒に教室で展示《てんじ》当番さえやっていた。

なのに突然、自分に抱きついて、彼は泣いた。

(――「オガちゃん……良かった、本当に……」――)

心底からの思い遣《や》りの言葉を、何度も呟《つぶや》きながら。

（どっかの、古い付き合いの悪い連中《れんちゅう》が私を狙ってた、とかだったり）

佐藤《さとう》と一緒にしてでかしてきた旧悪《きゅうあく》も多い少年、かつての行状《ぎょうじょう》から推測できるのは、その程度である。もっとも、あのときの彼や佐藤にケンカした痕跡《こんせき》はなかったし、そもそも現在まで後を引く理由にはならないはずなので、恐らくは違うだろう、と今では思っている。

（理由はともかく、今は一緒にいてあげないとね）

悩んでいることと関連しているだろう、もう一つの重大な事実を、緒方《おがた》は知っている。

数年来入《い》り浸《びた》っていた佐藤家……正確にはそこに居候《いそうろう》しているマージョリー・ドーの元に、彼が近づかなくなった、ということである。これこそ意味が分からない、今までの信奉《しんぽう》振りが嘘《うそ》のような豹変《ひょうへん》だったが、ともかくも二月来、彼は誘おうが引っ張ろうが、断固として佐藤家に近づこうとしない。

緒方は言葉をもう一つ、思い出す。

（――「もしエータから相談を受けたら、ちゃんと全部、聞いてあげなさい。たぶん、私の方には来ないから」――）

それは他でもない、マージョリーからの助言である。

少女には全能《ぜんのう》とすら見える大人《おとな》の女性は、田中《たなか》の悩みの内容ではなく、悩みを打ち明けられたときの心構えについてだけ、教えてくれた。

(相談、か……でも、もう二月、経《た》っちゃったな)

それだけ悩みが深いのだろうか、と思い、いつしか無言で歩くだけとなった少年の横顔を、横目《よこめ》で盗み見る。美男子《びなんし》とはいえない大作りな、しかし人の良さそうな顔には、やはりまだ、らしくない曇りがあった。

(いっそのこと、手を繋《つな》いだり、腕組んだりしたら、元気に――)

その光景を想像して頬《ほお》を染め、

(――ッ！　そ、そういう安直な考えは……マジメに、そう、マジメに考えないと)

すぐに打ち消す。

(と、とにかく私が、ここにいてあげないと)

無意識の正解を、少女は頑《かたく》なに繰り返した。

そんな少女の気遣《きづか》いに全く気付かない、気付けるだけの余裕《よゆう》がない少年は、

(俺らしくない、か)

今こうして少女と在ることの喜びの反対側に、等量《とうりょう》の恐怖を抱《いだ》かずにいられない。

(分かってるんだけど、な)

田中栄太《えいた》は、二ヶ月前、清秋祭《せいしゅうさい》の日に起きた二つの戦い、そこであったこと、やったことを、未《いま》だに引き摺《ず》っていた。心に少しでも余裕ができると、すぐ、そこに引き戻されてしまう。

(でも、あのとき……見ちまった)

彼は一つ目の戦いで、今隣《となり》を歩いている緒方真竹《おがたまたけ》が、誰かの炎《ほのお》で粉々《こなごな》に焼き砕かれる様《さま》を、目の当たりにしていたのだった。

全ては因果孤立空間《いんがこりつ》・封絶《ふうぜつ》の中で起きたこと。全てが終われば修復されると分かっていた。分かってしかし、眼前で確かに起きた現実の崩壊《ほうかい》に、彼は萎縮《いしゅく》した。

(あのときは……見られなかった)

二つ目の戦いで、彼は佐藤《さとう》とは反対に、なにも見ることができなかった——否、なに一つ見ようと思えなかった。硬く目を閉じ、ヴィルヘルミナ・カルメルの張った防御陣《じん》の庇護《ひご》下で身を縮め震えていた。あの光景が今、目を開けた場所で再現されている、と理解した瞬間、全てのシャッターが閉まるように、彼の精神は現実の許容《きょよう》を拒《こば》んでしまったのである。

(俺は、見られなかったんだ……!)

以来、彼は『何があっても付いて行く』と大言《たいげん》を吐いた相手、マージョリー・ドーと、まともに接することができなくなっていた。口ほどにもない自分への失望と怒りが、親分と崇《あが》めた女性に顔を合わせることを憚《はばか》らせていた。もちろん相談など論外《ろんがい》である。無様《ぶざま》な自分を憧《あこが》れの女性に晒《さら》すことには、到底《とうてい》耐えられそうになかった。

しばらくして佐藤が、

「俺さ、外界宿《アウトロー》って所でなにかできないか、考えてる」

と決意を表明《ひょうめい》したときですら、言葉一つ返せなかった。この親友は、あの惨憺《さんたん》たる戦場の光景を越えて答えを見つけ出したというのに、自分はなにをやっているのか。

（いや、なにもやってないんだ）

そう、事実を確認する度《たび》に両の肩が重くなる。

思う隣《となり》、

「もう、また落ち込んでる。ほら、元気出しなさいよ！」

大声を出して気遣《きづか》ってくれる緒方、告白までしてくれて、こうやって事ある毎《ごと》に元気付けてくれる優しい少女にすら、満足に応えてあげることができない。

「お、おう」

お返しできるのは、小さな一言だけ。

こうやってウジウジするのは、自分らしくないと分かっている。だが、そうと分かったからと言って、感じた恐怖が去るわけでも、萎縮した気持ちが立ち直るわけでもない。

（本当、ちっぽけな自分が嫌になる……）

誰かにすがることに慣れていない少年は、ただ愚直《ぐちょく》に悩み続ける。

吉田《よしだ》一美《かずみ》の日々は難しい。

「一美」

これまでも、これからも、

「なに、シャナちゃん?」

とりあえず、この、今も。

「子供の作り方を教えて」

その問いに、一緒に歩いていた男子、
坂井悠二《さかいゆうじ》が担《かつ》いでいた熊手《くまで》を取り落とし、
池速人《いけはやと》が提《さ》げていた塵取《ちりとり》ごと転びそうになり、
佐藤啓作《さとうけいさく》がペットボトルのジュースを噴《ふ》き出し、
田中栄太《たなかえいた》が廊下出口の支柱に頭をゴンとぶつけた。

「シャ、シャヤ、シャナちゃん!?」

訊《き》かれた吉田《よしだ》も顔を真っ赤にして、抱えたポリ袋の束を抱き締める。

竹箒《たけぼうき》を両手に持った緒方《おがた》も同じく焦って、周りに人がいないか確かめた。

昼食後、一年生による大《おお》掃除が始まり、校舎全体が俄《にわ》かな慌《あわただ》しさに包まれている。幸い、彼女らのグループ（この面子《めんつ》になっているのは当然、七名分担《ぶんたん》の場所に池が押し込んだからである）が担当する裏庭に、他《た》生徒の姿はなかった。

緒方は安堵《あんど》の溜《た》め息《いき》を吐《つ》いてから詰め寄る。

「いきなりどうしたのよ、シャナちゃん!?」

「？」

シャナの方は、なぜ詰め寄られたのか分からずキョトンとなった。動揺《どうよう》から立ち直った男子四人が、頭を掻《か》いたり咳払《せきばら》いをしたり口笛《くちぶえ》を吹いたりあらぬ方を見たりという、体裁《ていさい》を取り繕《つくろ》うふりをする様《さま》を訝《いぶか》しげに眺《なが》め、昨晩《さくばん》のことを、そして今朝《けさ》のことを思い出す。

「変なの……皆そんな感じになる」

「そりゃ、まあ、それは」

率直《そっちょく》過ぎる感想を前にして、緒方も返答に窮《きゅう》する。

「あんまり、こうやって堂々と言うようなことじゃない、わけで」

「千草《ちぐさ》までそうだった」

「チグサ？」

「う、うちの母《かあ》さんだよ」

悠二が落とした態手を抱えなおしながら、できるだけさりげなく言う。

シャナにとって万能とすら思える、この偉大な主婦までが言い淀《よど》んだという事実は、彼女にとって、あるいは質問に答えをもらえなかったことよりも、大きな衝撃《しょうげき》だった。

「大事なことだから、私たちが軽々しく話していいことじゃない、って……」

言ってシャナは、自分の胸に目を落とす。

常ならそこにあるはずのペンダント、彼女と契約し異能《いのう》の力を与える〝天壌《てんじょう》の劫火《ごうか》〟アラストールの意思《いし》を表出《ひょうしゅつ》させる神器《じんぎ》〝コキュートス〟が、ない。

そのペンダントは今、千草《ちぐさ》と話をするときに常用する携帯電話の中に入って、貫太郎《かんたろう》やヴィルヘルミナも加えた、重要な教育についての家族会議を坂井家《さかいけ》で行っているはずだった。

「そういうことは無闇《むやみ》に口にしちゃいけません、って言われた。みんなで私に、なにか隠《かく》してる感じがして、すごく変」

子供が生まれるという日常的な現象への回答をここまで隠されること自体が、シャナには理解できない。なにより、誰からも疎外《そがい》されているような感覚が面白くない。普段ならまず破りはしない千草の言いつけに背いているのも、その反発からだった。

「一美《かずみ》なら、ちゃんと答えてくれそうだったから」

「シャ、シャナちゃん」

吉田《よしだ》は、その友達としての信頼に仄《ほの》かな嬉《うれ》しさを覚えて、しかしまともに答えるわけにもいかないため、必死に考える。

「ええ、と……」

ふとそこで気付き、男子たちの方を見た。

全員が聞かない振りをして、それぞれの持つ道具などをわざとらしくいじっている。

「こらー！　あんたたち、さっさと掃除しなさいよ！」

緒方《おがた》が怒鳴《どな》って、不埒者《ふらちもの》どもを追っ払った。

「わっ！　わ、分かってるよ」

「掃除……あ、そうか」

「今しようと思ってたとこだって」

「さーがんばるぞー」

田中《たなか》と悠二《ゆうじ》、佐藤《さとう》と池《いけ》が、足取りに微妙《びみょう》な未練《みれん》の重さを見せつつ散ってゆく。

その間、吉田はこっそりとシャナに、核心《かくしん》部分を告げていた。

「あのね、シャナちゃん」

もちろん、千草がわざわざ家族会議を開くほどにＴＰＯを守った、実際の行為については触れない。それを口にすることの意味についてである。

「それを人前《ひとまえ》で訊《き》くのは、裸《はだか》を見せることよりも、ずっと恥ずかしいことなの」

（恥ずかしい……？）

シャナは、いまいち実感こそできなかったが、昨日《きのう》の皆のはぐらかし方、今朝《けさ》の貫太郎と千草の困った顔、さっきの男子らの態度、全てに共通していた気まずさが、どうして生まれたのかを、今の吉田の言葉から、薄ぼんやり程度に把握《はあく》した。ふと、

（裸を見せることよりも）

とある事件を思い出す。悠二の部屋に初めて入った夜、着替えている途中の素《す》っ裸《ぱだか》だった自分を、押入れから飛び出してきた（まだ故意犯《こいはん》であると疑っている）彼に、まともに見られて

しまった事件を。そのときの、頭に血が上り顔が熱くなり目の前が見えなくなるほどの『恥ずかしさ』から、

（ず、ず、ずっと？）

もしかして、自分がとんでもなく破廉恥《はれんち》な真似《まね》を人前《ひとまえ》で平然と行っていたのではないか、ということに、ようやく思い至る。やはり千草《ちぐさ》の言いつけは破るべきではなかった、という後悔《こうかい》が、さらなる恥ずかしさとともに襲《おそ》ってくる。

「……」

「だから、ね？」

赤い顔の吉田《よしだ》に言われて、

「…………うん」

耳まで赤くなった顔を伏せ、小さく頷《うなず》く。

「どーして急に、そんな――」

やはり赤い顔の緒方《おがた》が尋《たず》ねかけて、バッと振り向く。

「――あっ!?　まさか坂井《さかい》君!!」

「うえっ!?」

僅《わず》かに離れた場所で様子《ようす》を窺《うかが》っていた悠二《ゆうじ》は、思わず悲鳴で返事した。

緒方は犯人を見つけた探偵《たんてい》のような視線で睨《にら》みつける。

かあああ…

「シャナちゃんに、なんか変なこと言ったりしたんじゃないでしょうね!?」

「悠二《ゆうじ》はゴソゴソしてただけ」

「誤解《ごかい》を招くような言い方はやめてくれ！」

悪い意味で絶妙《ぜつみょう》なシャナの合いの手に、たまらず悠二は悲鳴を上げた。

「坂井《さかい》君……？」

緒方《おがた》始め、男女から満遍《まんべん》なく向けられる、疑惑《ぎわく》と顰蹙《ひんしゅく》の視線に耐えかねた彼は遂《つい》に、

「ち、違う、そういうんじゃないってば！」

高校生にもなって言う必要もない、と伏せていた家庭の事情を白状《はくじょう》した。

「実は、うちの母《かあ》さんが――」

その解説する内に、疑惑の氷解《ひょうかい》による安堵《あんど》が、やっとのことで一同の間に漂う。

「――ってわけ。分かっただろ？」

シャナになにかしたわけでも、しようとしたわけでもない、という説明を聞いて、

「信じてたぞ、坂井」

佐藤《さとう》がわざと白々《しらじら》しく言って悠二の肩を叩《たた》き、

「言うなら『おめでとう』だろ」

そんな彼の調子の良さを池《いけ》が笑う。

「坂井の母ちゃん、若くて美人だしなあ、うん」

素直に喜べるニュースを田中《たなか》も祝い、

「もう、いやらしいっての！」

彼の肩を叩く緒方も、その久々に元気な姿を喜んだ。

とりあえずショッキングな話題を終えられた、と判断した池は、

「じゃ、そろそろ本気で掃除にかかろうか。終わったクラスから帰っていい、って言われてんだから、遅れたら他の皆に文句《もんく》言われるぞ」

気を取り直して言いつつ、一同の前に道具を揃《そろ》える。

それぞれが、適当な返事とともに、これらを取り上げていった。

池は、まるで自分の務めのようにテキパキと指示をする。

「まず築山《つきやま》の落ち葉を一人一つずつ片付けよう。終わったら残りの山と通路を皆で分担《ぶんたん》、分からないことがあったら訊《き》いてくれ」

再びの返事があって、皆は散る。学校の掃除、という普段なら面倒《めんどう》くさいとしか思えない作業も、目新《めあたら》しい場所での、しかも授業を潰《つぶ》しての行事ともなれば、多少は心も弾《はず》む。

「お、なんか張り切ってんな、シャナちゃん」

この手の変わったイベントに目のない佐藤、

「庭《にわ》掃除は、昔よくヴィルヘルミナを手伝ってた」

熊手《くまで》の柄《え》を右脇《わき》にピシッと掻《か》い込む、未《いま》だ少し顔の赤いシャナ、

「このザルみたいな塵取《ちりとり》、取っ手が付いてないんだけど」

初めて使う道具に戸惑《とまど》う悠二《ゆうじ》、

「テキトーに端《はし》っこを持てばいいんじゃないか？」

早々とポリ袋を広げている田中《たなか》、

「集めるのは落ち葉だから、そんなに重くなんないでしょ」

さり気なくその傍《そば》にある緒方《おがた》、
誰も彼もが、声で態度ではしゃいでいる。

その中、池《いけ》は、

「……」

一人佇《たたず》む吉田《よしだ》を見つめ、立ち尽くしていた。どこか心細《こころぼそ》げな、しかしなにか強いものを秘めている、竹箒《たけぼうき》を手にした少女。

いつものように軽く話しかけようとして、なぜか今朝《けさ》の、

（――「前の池君ってさ」――）

という藤田《ふじた》との会話を思い出して、足が止まっていた。

（――「周りから見たらすごくもどかしかったんだよね」――）

話しかけようとした自分の立場、気持ちを思い直す。

（前の、僕か）

嫌になるほど冷静な自分。勝敗の確率《かくりつ》、勝負に出たときの彼女への心証《しんしょう》、彼女が抱くだろう困惑《こんわく》。それら全てを計算して、妙《みょう》な波風を立てないようにしてきた自分。

（自分でも、もどかしかったよ）

本当に変わったのだろうか。

考えても分からない、あるいは考えて分かるようなものではなかったり、考えるようなものではないのか、とまた無駄《むだ》に思考《しこう》を巡らせる。

そんな懲《こ》りない少年を、

「おーい池！　言ったお前がサボるなよー！」

佐藤《さとう》が大きな声で怒鳴《どな》りつけた。

「あ、すまんすまん！」

答えて、同じくその声で振り返った吉田へと、いつもの、、、、ように笑いかける。

「やろうか、吉田さん」

「――――」

寸前《すんぜん》まで追っていたものから目を逸《そ》らして、少女は笑い返す、

「――うん」

その、木漏《こ》れ日の柔らかさにも似た輝きに、池は思わず見惚《みと》れた。

（そういえば）

今さらながら、思う。

(いつの間に、こんなに惹《ひ》かれるようなったんだろう?)

抱えた悩みの始まり……今まで考えようとしなかった、考えることから逃げていた、自分の気持ちを、池速人《いけはやと》はようやく整理し始めていた。


吉田《よしだ》は、自分の受け持ちと決めた築山《つきやま》に、小走りで向かう。

(今の、坂井《さかい》君の顔……)

その中、箒《ほうき》を持っていない方の手で、胸を押さえる。鼓動《こどう》を打つ心臓の上にある、ペンダント状の小さな十字架《じゆうじか》を、押さえる。

(お母《かあ》さんに子供ができた、って言った坂井君の顔……嬉《うれ》しそうだった)

押さえて、思う。

(嬉しそうだった、けど……寂しそうだった)

彼女も、とある事件以来《いらい》、〝紅世《ぐぜ》〟に関わる身である。坂井悠二《ゆうじ》に関する事情は、よく知っていた。坂井千草《ちぐさ》の妊娠《にんしん》、という事態《じたい》が、その彼にどんな影響《えいきよう》を与え、どんな思いを引き出すのか、全てを知っていた。

鼓動を打つ心臓を、その上にあるものを、押さえる。

ずしりと重い十字架、あの日、自分が得た、一つの宝具《ほうぐ》を。

二ヶ月前、
彼女は知らない間に、また一つの戦いが終わっていたことを知らされ、
心を開いてくれたと思っていた〝彩飄《さいひょう》〟フィレスの背信《はいしん》を知らされ、
そして、坂井悠二の身に起きた、非常の現象《げんしょう》と事実を知らされた。
なにもかもが終わった後、皆がそこで起きたことへの衝撃《しょうげき》を語る、あるいは語らない。そうやってしか自分が『この世の本当のこと』を受け取れない。自分が踏み込むと決めた場所から締め出された、という疎外感《そがいかん》だけが、彼女にとっての、その戦いで得た全てだった。
知らぬ間に終わった後の皆に、力はなかった。
佐藤《さとう》と田中《たなか》はその最たるもので、クラスの模擬《もぎ》店撤去《てんてっきょ》（当日の後《あと》片付けは、火の元に注意が必要な模擬店のみである）にも参加できず、ただグッタリとしていた。
フィレスの背信にショックを受けたらしいヴィルヘルミナは、空に消えた彼女の気配が、まだこの街、しかもすぐ近くにあることを、沈痛《ちんつう》な面持《おもも》ちで皆に告げた。
シャナは、起きたことを端的《たんてき》に、しかし明確に話して、悠二という存在にどれだけの恐ろしい意味、重さが内包されているかを、包み隠《かく》さず淡々《たんたん》と語ってくれた。

　そして悠二《ゆうじ》、『零時迷子《れいじまいご》』の〝ミステス〟たる少年は、フィレスに〝存在の力〟の大部分を渡した、現象《げんしょう》による疲労だけでなく、危うい上にも危うい死線《しせん》上を彷徨《さまよ》った、状況への困憊《こんぱい》に、ただただ呆然《ぼうぜん》となって、自分が未《いま》だに在ることの実感を摑《つか》もうとしていた。

　そんな皆を祭りの後から……後夜祭《こうやさい》もないため、見事なまでに寂寞閑散《せきばくかんさん》となった御崎《みさき》高校の片隅《かたすみ》から立ち上がらせたのは、マージョリーだった。

「ほら、あんたたち、いつまでボケーっとしてんのよ！　これで終わりじゃない、むしろこっからが問題でしょーが！」

　言う間に彼女は人差し指を大きく天に突き上げて、自在法《じざいほう》を展開させた。

　夜空を、輝く波紋《はもん》のように広がり伸びてゆく円形のそれは、フィレスの気配を仔細《しさい》に捉《とら》え、居《い》場所を特定するための自在法である。

「ん？」

「およ」

　マージョリーとマルコシアスが、おおよその方角と距離感から、その居場所に察しを付け、妙《みょう》な声を出した。

「ははあ」

「やっぱ、黙ってトンズラするつもりはねーようだな」

　場所は、佐藤《さとう》家。

佐藤の実家、マージョリーの居候先《いそうろう》……そして他でもないフィレス、その傀儡《くぐつ》が、悠二から〝存在の力〟を渡された場所だった。

念のため、マージョリーはもう一度、気配察知《さっち》の自在法を放ち、フィレスがこちらに捕捉《ほそく》されたと知って以降も動いていないことを確認してから、皆を促《うなが》す。今日という日に起きた、全てを片付けさせるために。

すっかり日は暮れていた。

校門を出た真正面《ましょうめん》、大通りを行き交う車のライトが眩《まぶ》しい。

その脇に付けられた広い歩道を歩きながら、マージョリーは状況の整理がてら、続く一同に説明を始めた。

「あの、ヨーハンって奴《やつ》が一時的にでもユージを乗っ取って顕現《けんげん》したのは――」

ヴィルヘルミナと悠二、シャナが顔を強張《こわば》らせる。

「――どうも、私がユージに結んだ、走査《そうさ》の自在法の切れっ端《ぱし》を利用して、本来は外から内に向かう力の流れを、内から外に向かうよう組み替えたから、らしいわね」

「その、小さな式を起点に、残る全身も再構成したというのか」

アラストールが、驚嘆《きょうたん》の声を上げた。

「そ。私の自在式《しき》による干渉《かんしょう》を、まんまと利用して飛び出した、ってわけ。さすがは『永遠の恋人』、なかなか大した自在師《し》ってとこかしら。どうも〝彩飄《さいひょう》〟フィレスが封印《ふういん》をいじって『零《れい》時迷子《じまいご》』を活性化させたとき、あの〝銀〟だけじゃなく」

復讐鬼《ふくしゅうき》たる女傑《じょけつ》の声に、隠《かく》し損《そこ》ねた憎悪《ぞうお》の端《はし》が匂《にお》った。

「ヨーハンの意識も覚醒《かくせい》したみたいね。〝壊刃《かいじん》〟のブックサ野郎が『零時迷子《れいじまいご》』にぶち込んだミョーな式が、彼を構成する部位《ぶい》に変異《へんい》を起こした、って言ったわね？」

「……ええ」

「目視確認《もくしかくにん》」

とぼとぼと一同の後を歩くヴィルヘルミナが重く、その頭上にあるティアマトーが冷淡《れいたん》に、それぞれ返した。

「あれだけの変化を起こして、ヨーハンが再び以前と同じ姿を現すことができたのは、まさに奇跡《きせき》と言う他ないのであります」

彼女にとっては、ヨーハンも友人なのである。その彼が現れて、しかしただ現れただけではない、という状況に、動揺《どうよう》しないわけがなかった。

マージョリーは頷《うなず》き、見間違《みまちが》えようのない、異形《いぎょう》の西洋鎧《よろい》を思い出す。

「その変異させた本来の結果が、奴だったんでしょうね。時間の経《た》つ毎《ごと》に進行するのか、また別の式を打ち込むのか……どっちにせよ奴《やつ》の変異は、顕現《けんげん》の途中にヨーハンが割り込めるような、未《み》完成なものと見ていいわ」

ヴィルヘルミナは僅《わず》かな希望にすがるように顔を上げた。

もちろんマージョリーは振り向いて慰《なぐさ》めるような真似《まね》はしない。

「ヨーハンを呼び出すつもりだった〝彩飄《さいひょう》〟が代わりに奴を起こしちゃったもんだから、慌《あわ》てて寝かし付けに来たのよ。あの、引き篭《こ》もりとして有名な［仮装舞踏会《バル・マスケ》］の秘蔵《ひぞ》っ子、星の王女様が、直々《じきじき》に」

「あの〝銀〟が何者で、どーやってここに現れ、どーやりゃ『戒禁《かいきん》』を超えてブチッ殺せるのか。こーりゃ宿題は山積みだなあ、我が篤実《とくじつ》なる研究者、マージョリー・ドー？」

マルコシアスも、これからのことを思い、僅か声を引き締めた。

と、シャナが、

「悠二《ゆうじ》は絶対に殺させない」

マージョリーにも、［仮装舞踏会《バル・マスケ》］にも、もちろん今向かっている先で待つ〝彩飄《さいひょう》〟フィレスにも、という響《ひび》きを込めた、決意を示す。

「分かってるわよ」

示された方は、軽く流した。

「手出しの方法さえ、これから見つける、って段階なんだから、そう逸《はや》んじゃないわよ」

「とーりあえず、殺《や》るときゃ嬢《じょう》ちゃんに断ってからにするさ、ヒヒヒ！」

まだ、なにをするにも時期尚早《しょうそう》、情報も足りない。殺すなら、しっかりとブチ殺すのが、彼女らの流儀《りゅうぎ》だった。

アラストールも、反りの合わない二人に、珍しく同意する。

「うむ。『零時迷子《れいじまいご》』は、既に〝頂の座《いただきくら》〟による刻印《こくいん》を受けている。今や、この状態での無作為転移《むさくいてんい》は［仮装舞踏会《バル・マスケ》］を利するのみの行為、選択肢《し》としては論外《ろんがい》だ」

「悠二《ゆうじ》を守らないと」

シャナは再び、強く誓《ちか》った。

元気のない悠二も、残された活力を微《かす》かな笑みに変える。

が、それすらも、

「ユージが元に戻れたこと自体はおめでたいんだろうけど……どーして〝彩飄《さいひょう》〟がそれを甘受《かんじゅ》したのかも、ちゃんと聞き出さないと、ね」

「だーな。いつ誰が自分の中から飛び出してくるのか分かんねーんじゃ、兄《にい》ちゃんも寝覚《ねざ》めが悪いだろ？」

マージョリーとマルコシアスが容赦《ようしゃ》なく突きつける現実に、あっさりと崩された。

「うん……」

悠二は僅《わず》かに頷《うなず》いて、ただ歩く。

不安定な自分を引き摺《ず》るように。

誰にもなにも、分からない。

答えを今からもらいに行く。

その思いを確かめる時間が過ぎて、
一同の前に大きな門が聳《そび》え立った。

旧《きゅう》住宅地の閑静《かんせい》な道、左右に見えるのは一区画《いちくかく》全体を囲う塀《へい》ばかり、という佐藤啓作《さとうけいさく》の自宅である。

「さーては、どこにお隠《かく》れアソバシてんのやら。もっかい気配察知《さっち》、使うか？」

マルコシアスは不精《ぶしょう》から言ったのではない。邸宅《ていたく》庭園を合わせた佐藤家という空間が、人《ひと》一人を潜《ひそ》ませるには十分すぎる広さを持っていたからである。

しかし、

「いえ、おそらく」

願うように祈るように呟《つぶや》いて、ヴィルヘルミナが踏み出した。急《せ》き立てられるような早足で踏み石を越え、大きな門扉《もんぴ》を開けた奥、広い庭園へと、迷いなく歩を進めてゆく。

訝《いぶか》しげに顔を見合わせたシャナとマージョリー、ポカンとなる悠二、力なく佇立《ちょりつ》する佐藤と田中《たなか》、そして吉田《よしだ》も、慌《あわ》ててその後に続く。

ほどなく辿《たど》り着いた場所に、皆は見覚えがあった。同時に、そうかと納得《なっとく》もする。

そこは、日本庭園《ていえん》。

つい先日、悠二がフィレス（正確には、その先駆《さきが》けたる傀儡《くぐつ》）に活動最低限《さいていげん》の〝存在の力〟を渡した場所だった。

しかし、ヴィルヘルミナにとっては、それだけの場所ではない。

自分が弱った彼女を守り、寝かせていた、庭園の中ほどにある東屋《あずまや》。

「フィレス」

そこに、やはり、いた。

低い傘型《かさがた》屋根の上、月に影を浮かべるように、〝紅世《ぐぜ》の王〟が一人、座っていた。

先の戦いで〝銀〟に吸い取られた力は、その後にヨーハンからの譲渡《じようと》を受けたことで快癒《かいゆ》、どころか、かえって増強された感すらあった。

来訪に、つい、と首を傾け、

「遅かったな」

という一言だけで、出迎える。

応えてか、

「！」

ボン、とシャナが炎髪灼眼《えんぱつしやくがん》を紅蓮《ぐれん》に燃やした。

「待っ――」

「待たない！」

ヴィルヘルミナの制止を聞かず、シャナは東屋の屋根へと一跳《ひとと》び、ガン、と立つ。すでに握った大太刀《おおだち》『贄殿遮那《にえとののしやな》』が、剣尖《けんせん》を鼻先、毛ほどの幅を置いて突きつけられていた。

息を呑む皆の前で、しかしフィレスはなにを感じた風《ふう》もない。

「怒ったのか？」

シャナの炎髪《えんぱつ》灼眼《しやくがん》を、座ったまま眺《なが》め、呟《つぶや》いた。

「!!」

それを嘲弄《ちようろう》と取ったシャナは、大太刀を握る手に力を込めた。

フィレスの方は依然《いぜん》、感情を込めず、

「討滅《とうめつ》するのか？」

今さらのように尋《たず》ねた。

「――――」

シャナが感情からの答えを叫ぶ前に、

「待て」

アラストールが重く低く、契約者に自重《じちよう》を促《うなが》した。

「この者だけが持つ情報を、我々が得ねばならぬことを忘れるな」

「――っく！」

シャナは怒りを抑えきれず、唇《くちびる》を強く噛《か》む。

理屈《りくつ》の面からは当然、分かっていた。ここに来て、今さら戦ったりするのは愚《ぐ》の骨頂《こつちよう》に違いない。しかしそれでも、好き放題《ほうだい》に皆を掻《か》き回して、優しいヴィルヘルミナを苦しめて、悠二《ゆうじ》をあわや存亡《そんぼう》の危機に陥《おとしい》れた〝紅世《ぐぜ》の王〟の、平然《へいぜん》とした様《さま》が許せなかった。

そんな、感情を必死に抑えながら、眼前で刀を構えるフレイムヘイズを煽《あお》るように、フィレスは全く平然と、言う。

「怒ったろうな？」

言って、刃《やいば》が見えていないかのように起き上がった。

「でも、私は」

ザクッ、と、

「っ!?」

その頬《ほお》を大きく刃が抉《えぐ》り、

「ああしなければヨーハンに手が届かない、と思った」

シャナが驚く前で、フィレスは月を背に立つ。

「他にはなにも……ああ、なにも、考えなかったんだ」

その頬に、一線《いっせん》深く付けられた傷口から、ハラハラと琥珀《こはく》色の炎《ほのお》が零《こぼ》れ落ちる。見つめてくる瞳《ひとみ》は、今までの行状《ぎょうじょう》が信じられないほど無垢《むく》に透《す》き通っていて、むしろ、ゆえに、不気味《ぶきみ》さと美しさを同時に感じさせた。

「そして、ヨーハンに、この手は届いた。嬉《うれ》しかった」

視線が脇に、下に立つ悠二《ゆうじ》に向かって、逸《そ》れた。

一瞬、彼女の美しさに呑まれ、嬉しさに共感しそうになっていたシャナは、その行為で我に返った。大太刀《おおだち》の刃をやや高く、首元に当てなおす。決意の声とともに。

「もう、二度とさせない」

「そうね」

フィレスはまた平然と、今度は同意で返した。

「もう、しないわ」

「なっ？」

意外《いがい》な答えに面食らうシャナの前で、フィレスは笑っていた。

負の感情など欠片《かけら》もない、異様《いよう》な、しかし全《まった》き喜びを表して。

「だって、ヨーハンに、もうやっちゃ駄目《だめ》だ、って言われたんだもの」

「フィレ、ス……？」

ヴィルヘルミナが気遣《きづか》わしげに声をかけた。

フィレスは、起きた事象《じしよう》への衝撃《しようげき》から心乱《こころみだ》しているわけでも、空虚《くうきよ》な妄想《もうそう》に耽《ひた》っているわけでもなかった。不気味に透き通った瞳にも、異様な喜びの様《さま》にも、狂態《きようたい》特有の緩みや不安定さはなく……むしろ引き絞《しぼ》られた弓のように緊迫《きんぱく》した意思と力感《りきかん》が漲《みなぎ》っている。

それが弾《はじ》けたらどうなるか、という一触即発《いつしよくそくはつ》、危うい雰囲気《ふんいき》の中、当のフィレスだけが、悠々《ゆうゆう》と声を継ぐ。

「ヨーハンが駄目《だめ》、って言うときは、いつも理由があって、いつも正しいの。だから私は、もう、しない。それに、大事なことも、頼まれた」

首筋《くびすじ》に刃《やいば》を当てられている危険すらも、意に介《かい》さず。

「だから、行かなきゃ」

「さっきから、なにを——」

戸惑《とまど》うシャナの問いを、

「言えない。なにも、言えない。貴女《あなた》たちのためにも、私たちのためにも」

笑うフィレスが断固《だんこ》と遮《さえぎ》った。

マージョリーが、ヴィルヘルミナを見る。

この状態のフィレスから、なんらかの情報が得られるか——その確認だったが、やはりヴィルヘルミナは首を横に振った。彼女が、ヨーハンに言いつけられたことを破ったりするわけがないことは、この場にいる誰もが、数少ないやり取りの中で実感している。

アラストールだけが使命からの義務として、なお問い質《ただ》す。

「どうしても、か」

「ええ」

フィレスの答えに漂う軽さは、無思慮《むしりょ》の表れではない。答えが全く分かりきったこと、それ以外が存在しないからこその、明快な軽さだった。

（坂井悠二《さかいゆうじ》に手を出さぬ、か）

たしかに、探し続けたヨーハンがすぐそこにいて、それでも攫《さら》って逃げない、実力《じつりょく》行使をしてでも奪わないのは、彼女という存在には本来、在り得ない選択のはずである。

口にされるまま、安易《あんい》に言葉を信ずるには、あまりに危険な〝王〟ではあったが、顕現《けんげん》したヨーハンから手を離し、こちらが訪れるに任せるまでとなった今、この件に関して、彼女が嘘《うそ》をつく必然性はない。

「……」

アラストールは沈思《ちんし》を経て、彼女が決して語らないことを尋《たず》ねる愚《ぐ》を犯さず、それ以外の部分……フレイムヘイズとして確認すべきことを尋ねる。

「人を喰らわぬ、という誓《ちか》いに、違背《いはい》は在るまいな」

「もちろん。それも、ヨーハンに駄目って言われたことだもの。それに、今日も彼からいっぱい受け取った。これだけもらえば、当分は大丈夫」

ここから立ち去ることを前提《ぜんてい》にしたやり取りに、

「ただ、その彼を、連れていけない、残していかなきゃならない……」

フィレスは慨嘆《がいたん》を加え、またも刃を無視して、ゆっくりと首を巡らせる。

見えるのは、面前《めんぜん》で紅蓮《ぐれん》の煌《きらめ》き強く睨《にら》みつけてくる『炎髪灼眼《えんぱつしゃくがん》の討《う》ち手《て》』、下から自分を見上げる『弔詞《ちょうし》の詠《よ》み手《て》』と、ヴィルヘルミナらフレイムヘイズ、化け物に蝕《むしば》まれるヨーハンを身の内に隠《かく》した〝ミステス〟、そして、マージョリーの協力者たる少年二人と――

「……」

最後に見たものの意味に気が付き、フィレスは選ぶ。

「……そう、ね」

首筋《くびすじ》に当てられた刃《やいば》を押し退《の》けることさえせず、

「あっ！」

驚くシャナに切り裂かせるまま、東屋《あずまや》の屋根から飛び降りた。首筋から、さらに側頭《そくとう》へと切り傷は走ったが、当人は全く気にしない。笑顔は変わらず、ただ傷から琥珀色《こはくいろ》の火《ひ》の粉《こ》を振り撒《ま》いてゆく様《さま》は、さながら幽鬼《ゆうき》の彷徨《ほうこう》だった。

その、なんと言うこともなく歩いてくる彼女の前に、ヴィルヘルミナが立つ。

「フィレス」

「……」

初めて、その笑顔に曇りが過《よ》ぎった。

しばらく立ち止まって、不意に、前向きに折れ曲がるように一歩、答えを求めるヴィルヘルミナにではなく、その傍《かたわ》らに立っていた少女の鼻先へと、顔を突きつける。

「――っ!?」

驚いたその少女、吉田《よしだ》一美《かずみ》をフィレスはじっと見つめる。

「……」

もう誰にも危害《きがい》を加えない、という意思表明《いしひょうめい》こそなされていたものの、既《すで》に背信《はいしん》の行われた後である。誰もが咄嗟《とっさ》に、彼女の行いを警戒《けいかい》した。

すぐ横にあるヴィルヘルミナとマージョリー、続いて飛び降り、背後についたシャナ、心身消耗《しょうもう》した悠二《ゆうじ》、憔悴《しょうすい》の極みにある佐藤《さとう》や田中《たなか》までもが、吉田への害意《がいい》の見えた瞬間に制止すべく、気息《きそく》体勢を整える。

なにかすべきか、せざるべきか、誰もが迷う状況の中、

「……あなたは、ここにいるのね？」

フィレスは、いつか少女に向けた問いを、今度は確認として行った。

目に目しか映らないほどの近さで、吉田はその声を受け、

「はい」

改めて、友達と交わした誓《ちか》いを口にする。

問いに込められた、本当の意味も知らず。

「そう」

す、と目を細めたフィレスは、全く何気なく吉田の手を取り、

「あげる」

上に向けさせた掌《てのひら》に、コイン大の、小さな十字架《じゅうじか》を置いた。

十字架《じゆうじか》は、縦横《たてよこ》長さの等しい線が中央で交差する、いわゆるギリシャ十字の形態で、ペンダントなのか、上端《じようたん》に掛け紐《ひも》が付いていた。

「これは『ヒラルダ』――人間に大きな自在法《じざいほう》を使わせるための宝具《ほうぐ》」

「……?」

「私はこの中に、『風《かぜ》の転輪《てんりん》』を誘導《ゆうどう》する傀儡《くぐつ》と同じ自在法を、込めた」

説明の意味を計りかねる吉田《よしだ》に、核心《かくしん》が端的《たんてき》に、ぶつけられる。

「これに、願い祈れば、私を呼べる」

「えっ!?」

十字架を載せた手が、驚きに揺れた。

「あなたに、あげる」

フィレスは言って、自分の手を引く。

吉田の掌《てのひら》には、十字架だけが残されていた。他の皆も一様《いちよう》に湧《わ》く疑問を、またその代表として、一《いち》人間に過ぎない少女は投げかける。

「どうして……これを私に?」

フィレスは依然《いぜん》、顔を至近《しきん》に据《す》えて、

「貴女《あなた》がこの中で唯一《ゆいいつ》、この宝具を使える人間だから」

その目から、もう一つの声で続ける。

《あなたなら、いなくなっても、誰にも不都合《ふつごう》がない》

その、連なって響《ひび》いた声、告げられた言葉の意味に、

「!?」

吉田《よしだ》は、心臓を摑《つか》み潰《つぶ》されたような慄《おのの》きを覚えた。同時に、周りの様子《ようす》から、その二、、、つ目の声が、自分にしか聞こえていないことを直感、実感する。

「ど……どういうことですか?」

フィレスは、まるで心の奥を探るように身を乗り出して、瞳《ひとみ》を覗《のぞ》き込んでくる。

「この宝具《ほうぐ》は人間の、それも女性にしか使えない宝具なの」

《この宝具は、使用者の〝存在の力〟を変換《へんかん》して起動《きどう》する》

真偽《しんぎ》も定かならぬ二つの声が、痛みを伴う胸の激しい鼓動《こどう》、耳鳴《みみな》りにすら襲《おそ》われる少女の心を容赦《ようしゃ》なく押し潰す。

「これは、あなたのための宝具」

《つまり、使った人間は、死ぬ》

「――!!」

吉田は一瞬、失神《しっしん》した。

覚めて、今いる場所が現実であることを思い知る。

自分が掌《てのひら》に載せているものは、小さな十字架《じゅうじか》の形をした、宝具。

誘惑《ゆうわく》のように脅《おど》しのように、冷たい声は少女の誓《ちか》いを刺激《しげき》する。

「欲しくない、というのなら、無理に持てとは言わない」

《怖いなら、逃げたいなら、この声のことを話せばいい》

周りにはこの、フィレスからの宝具の譲渡《じょうと》という奇行《きこう》を止めるべきか否か、という迷いの気配があった。二つ目の声が聞こえていなければ当然、彼女に手渡された十字架は、強力な〝紅《ぐ》世《ぜ》の王〟を呼べる宝具としか思えない。

「でも、あなたが本当にここにいたいと思っているなら、必ずこれを使う。ここに居続《いつづ》けるためには、力が必要なのだから」

《でも、話せば、あなたは間違いなくこの宝具を取り上げられ……今までと同じように、ただの足手纏《あしでまと》いへと、逆戻《ぎゃくもど》りする》

「……」

なにもかもが終わった後、皆がそこで起きたことへの衝撃《しょうげき》を語る、あるいは語らない。そうやってしか自分が『この世の本当のこと』を受け取れない。自分が踏み込むと決めた場所から締め出された。そんな、身の程知らずな疎外《そがい》感が、吉田の胸に暗く重く蘇《よみがえ》る。

例え佐藤《さとう》や田中《たなか》らのように、マージョリーから封絶《ふうぜつ》内で動ける栞《しおり》をもらったとしても、『ここにただいる』だけ、という自分は全く変わらない。ただ『足手纏い』が一人、加わるだけだった。自分が、人間でしかない自分がそこへ踏み込むには、『力』が必要なのである。

しかし、その『力』は、自分の全てを捨てて初めて得られるという。

フィレスは少女の全てを見透《みす》かして、さらなる酷薄《こくはく》の言葉を紡《つむ》ぐ。

「もし、力を欲したのなら、決心を固めたのなら」

《なんにもならない気持ちで、命を消せるのなら》

言葉が、少女の気持ちを根底から揺さぶる。

そう、誓《ちか》いのまま決心し、この宝具《ほうぐ》を使ったとして——その結果は自分の死という終わり、もう一人の少女が残される世界なのである。まさしく、なんにもならない行為だった。

まるで、どこまで気持ちが本物なのかを試すように、あるいは上《うわ》っ面《つら》だけの誓いをなぶるように、フィレスは続ける。

「この〝ミステス〟に危険が迫ったとき、私を呼びなさい」

《私のために、ヨーハンのために、この宝具を使いなさい》

ふと、吉田《よしだ》は二つ目の言葉を奇妙《きみよう》に思った。

(……?)

初めて自分から、フィレスの瞳《ひとみ》へと意識を向ける。

自分だけに届く声の湧《わ》き出るそこは、言葉の恐ろしさとは裏腹《うらはら》に、燃えているはずの感情の火が欠片《かけら》も見えない。ただただ空《から》っぽ、寒々しい虚無《きよむ》が広がっているのみである。

「ただし、それは一度だけ」

《ヨーハンが陥る、危機に》

　吉田は明らかな違和感《いわかん》を抱き始めていた。

　フィレスは、ただの人間の少女を、さっきから延々脅《おど》し、煽《あお》り続けている。こんなやり方で、恋心《こいごころ》しか絆《きずな》を持たない者に、言うことをきかせられる、と本気で思っているのだろうか。脅し煽って恋心の発奮《はっぷん》を促《うなが》している、と考えるには、あまりにも交換《こうかん》条件が酷《ひど》すぎた。

（どうして……その、『使えば死ぬ』ことを、私に話したりするんだろう？）

　動揺《どうよう》の底から、ようやく疑問を拾い上げる。

　坂井《さかい》悠二《ゆうじ》の、『零時《れいじ》迷子《まいご》』の、ヨーハンの危機に宝具を使わせたいのなら、こんな余計《よけい》な情報、知られれば忌避《きひ》されるだけの条件は、伏せていれば良い……否、伏せなければならないはずだった。今からここを離れるだろう彼女にとって、この宝具だけが愛する男の命綱《いのちづな》だというのなら、なおさら。

（なにを、考えているの？）

　精神的に追い詰められた吉田ですら疑問を抱くほどの、不可解《ふかかい》さ。

　戸惑《とまど》う少女を他所《よそ》に、フィレスは最後の言葉を、送る。

「その、たった一度が欲しければ、願いなさい」

　二つ目の声は、なかった。

　瞳は、見つめ合うだけ。二人は、向き合うだけとなっていた。

吉田《よしだ》は、言葉を返せない。

ただ、掌《てのひら》に、まだ十字架《じゆうじか》を載せている。

それだけが、辛《かろ》うじて態度に出た、答えらしい答えだった。

（分からない）

吉田は、この宝具《ほうぐ》を使うと決意したわけではなかった。今から周りに事情を話すかもしれない。話さぬまま怖くて捨てるかもしれない。使わない可能性の方が大きいだろう。

（分からない……けど）

今、彼女は掌に載せたそれを、握っていた。

〝彩飄《さいひょう》〟フィレスの示した、不可解《ふかかい》さゆえに。

そうして数秒、
周囲の一同が、見つめ合う二人に不審《ふしん》を抱く寸前《すんぜん》、フィレスはなにかに見切りをつけたように鋭く、全ての用事を終えたかのように呆気《あっけ》なく、

「では、行く」

別れの言葉を口にした。とある一人に背を向ける方角、一同の輪からやや外れた場所まで静かに歩き、全身に力を込める。左右の肩章《けんしょう》が巨大化し、人とも鳥とも見える顔を象《かたど》った盾《たて》となる。その開いた口中に、周囲の空気が吸い込まれてゆく。

旅立ちの準備だった。

このまま去るに任せて良いのか、僅《わず》かに迷う皆の機先《きせん》を制するように、

「フィレス！」

背を向けられたとある一人、ずっと無視されていた一人が、叫んでいた。

「どうして、どうして一人で――私、に……」

頼って、語って、話してくれないのか。

十字架のことではなく、なにもかも、全て。

言葉を最後まで継げず、崩れそうな鉄面皮《てつめんぴ》を震わせる友――ヴィルヘルミナ・カルメルに、
風の中で背を向ける〝紅世《ぐぜ》の王〟は、やはり振り向かないまま、小さく呟《つぶや》く。

「私にはもう、その資格が、ない」

裏切りの重さに押し潰《つぶ》されそうな、声で。

それでも、ヴィルヘルミナは呼びかける。

「私は、そんな――」

「ありがとう」

背信《はいしん》に際して聞かされた言葉と全く同じ、
しかし欠片《かけら》も笑みを混ぜない苦渋《くじゅう》の声が、
ツバオン！

と風の弾《はじ》ける去り際、僅かな間、響《ひび》いた。

それが、二ヶ月前のこと。

以来、吉田《よしだ》の胸には、十字架《じゆうじか》『ヒラルダ』が提《さ》がっている。

この宝具《ほうぐ》を使った人間がどうなるのか、坂井悠二《さかいゆうじ》も、シャナも、アラストールも、マージョリーも、マルコシアスも、ヴィルヘルミナも、ティアマトーも、佐藤啓作《さとうけいさく》も、田中栄太《たなかえいた》も知らない。自分一人だけで、〝彩飄《さいひよう》〟フィレスから受け取ったものに、問いかけ続けている。

あのとき、フィレスから宝具とともに与えられた諸々《もろもろ》の気持ちが、今も胸を掻《か》き乱す。

宝具『ヒラルダ』によって命を奪われるのは怖い。

皆のいる場所から一人だけ締め出されるのは悲しい。

坂井悠二と常に一緒に進んでゆけるシャナが羨《うらや》ましい。

だから、そこに踏み出してゆける力となる宝具を欲した。

しかし、どうしてフィレスがわざわざ、宝具の嫌忌《けんき》される秘密を、愛する男を守るために利用する人間に明かしたのか——その疑問が最も大きく、心を占めていた。

(あれから二月……まだなにも、彼女を呼ぶような怖いことは起きていない)

平穏《へいおん》はなにも動かさない。ただ、持っているもの、答えの出ない悩みだけを、彼女の傍《そば》に聳《そび》えさせ続けた。その影の中に在って、しかし不思議《ふしぎ》と苦しみは覚えていない。与えられた気持ちが不可解《ふかかい》なら、受け取ったことで自分が抱く気持ちも不可解だった。

（そうしてる間に、坂井君のお母《かあ》さんに子供ができた）

悩んで思う、今日はその端《はし》に、僅《わず》かな悲しみの寒さと、焦りの熱さがある。

（坂井君、嬉《うれ》しそうだった）

それら二つは、喜びによって生まれたもの。

喜びが呼ぶ、一つ道に向かうという予感から、生まれたものだった。

（でも、同じくらいに……坂井君、寂しそうだった）

坂井悠二が、この街から旅立とうとしている。今すぐかどうかは分からない、しかし着実にその方向へと、彼は、世界は、進路を定めつつある。

（坂井君を、ここに引き留めるものが、なくなっていく）

自分に何らかの決断、変動を起こすと覚悟《かくご》……あるいは期待していた戦いがないまま、全く別の出来事によって、彼が、世界が、動いてしまう。

そこに、吉田は悲しみの寒さ、焦りの熱さを感じていた。なにもできない、どうすればいいのかも分からないままに、ただ行動への衝動《しょうどう》だけが襲《おそ》ってくる。

（私は――）

と、

「一美《かずみ》」

すぐ前に、熊手《くまで》を持ったシャナが立っていた。

「えっ？　あっ、シャナちゃん」

自分の思いに耽《ふけ》り、手が止まっていたことに、吉田《よしだ》はようやく気付いた。

「ご、ごめんなさい、サボっちゃって」

「いい。私の方は終わったから手伝う」

今では、フレイムヘイズの少女とはお互い、知り合ったばかりの頃のような、悠二《ゆうじ》を巡って無駄《むだ》に大騒《おおさわ》ぎするような対立感情《かんじょう》は、ほとんどなくなっている。むしろ、誰よりも近しい友達として接し、接されていた。

「ありがとう」

「うん」

短くシャナも答える。その間にも、築山《つきやま》の落ち葉を熊手でガシガシ掻《か》いていた。絶妙《ぜつみょう》な力加《か》減《げん》で、芝生《しばふ》に絡んだ葉という葉が全て、綺麗《きれい》に取り払われてゆく。

「へえ、上手《じょうず》だね」

「うん」

今度は、少し得意げな返事。

と、また、

「一美《かずみ》」

「なに、シャナちゃん」

顔を向けた吉田に、シャナは言う。

「悠二は、情勢の見極めが付くまではここにいる、って言った。千草《ちぐさ》のことがあったから、すぐにどうなる、ってわけじゃない」

「あ……」

シャナが自分の悲しみと焦りを察していたこと、そんな自分を気遣《きづか》ってくれていることに、吉田は恋敵《こいがたき》として、友達として、胸が熱くなるのを感じた。誤魔化《ごまか》すように、周囲の落ち葉を竹箒《たけぼうき》で掻き回す。

その様子《ようす》を、シャナは可笑《おか》しく思い、しかしすぐに顔を引き締めて、言う。

「でも、いつまでも余裕《よゆう》があるってわけでもない」

決定的な変化が訪れる時は、必ず来る。

吉田はその避け得ない事実を受け止め、頷《うなず》く。

「……うん」

箒で熊手で落ち葉を追っていた二人は、いつしか背中合わせになっていた。

声だけが、互いの間を行き来する。

「もう、どこにも差はないから」

シャナが言い、

「うん、気持ちには、ね」

吉田《よしだ》が言う。

「もう一美《かずみ》は〝紅世《ぐぜ》〟のことを、全部、知った」

またシャナが言って、この校舎裏《うら》で怒鳴《どな》り合ったことを思い出す。

また吉田が、全く同じ場面を逆の視点から思い出し、気が付いた。

「……シャナちゃんも、好きだ、って言うの？」

恋敵《こいがたき》は、尋常《じんじょう》な勝負を行うために、条件を再《さい》確認していたのである。

沈黙《ちんもく》が木枯《こが》らしの中に降りて数秒、シャナは改めて宣戦《せんせん》を布告《ふこく》する。

「言う」

フィレスの到来によって途切《とぎ》れ、誰もが戦いの傷跡《きずあと》から立ち直ろうとしていた時の中、密《ひそ》やかに眠っていた一つの叫び——それを目覚めさせる、再び少年にぶつける、と。

「うん」

吉田は、静かにそれを受け入れた。

シャナが池《いけ》の元に、限界まで落ち葉を詰め込んだポリ袋を持ってきた。

なんということもなく受け取った池は、

「うわっと!?」

その予想外《がい》の重さに、思わずつんのめった。

シャナが反応し、

「！」

落としかけたポリ袋の下に、軽く手を差し出して支える。

「気をつけて」

「うん、ありがとう」

お礼を言った池は、少女の浮かべた、はっとするような柔らかな微笑《ほほえ》みが、もう普通のクラスメイトと変わらなくなっていることに気付いた。

（変わったな）

まるで抜き身の刀が置いてあるかのようだった、物騒《ぶっそう》な迫力《はくりょく》を周囲に撒《ま》き散らしていた日々が嘘《うそ》としか——そこまで思ってから、当たり前か、と笑う。

（半年以上も、こうやって皆と接してるんだ）

その、後片《あと》付けに戻るシャナとなにか声を交わしつつ、悠二《ゆうじ》がやってきた。

「意外《いがい》にみんな手際《てぎわ》が良かったな。これなら文句も言われないんじゃないか？」

言って、自分のポリ袋を降ろす。シャナのものに近いのではないか、という重量の音がドスン、と響《ひび》いた。

少し驚いた池《いけ》は、その平然《へいぜん》とした様《さま》、いつの間にか貫禄《かんろく》らしいものまで漂わせ始めた、中学以来《いらい》の親友をしげしげと眺《なが》める。

「なんだよ?」

「い、いや。体、鍛《きた》えてんのかな、とか思ってさ」

「え? まあ、そうかも」

はぐらかした笑顔は、単純なものではない。親友だからこそ分かる、そこには寂しさのようなものが微《かす》か、混じっていた。

ほとんど変わっていない外見《がいけん》に垣間《かいま》見える、妙《みょう》な深さ厚さに、池は少年として羨望《せんぼう》のようなものを覚える。どこがどうと分からない、しかし彼も変わっていた。

「なんなら、これだけ先にゴミ捨て場に持ってってとこうか」

「ああ、頼むよ」

答えた池の前で、悠二《ゆうじ》は無造作《むぞうさ》にシャナが持ってきたものと二つ、相当な重さのポリ袋をひょいと持ち上げた。自分が凄《すご》いことをしている、という自覚がないらしい。そのまま平然と、校舎の反対側、ゴミ集積場《しゅうせきば》まで歩いてゆく。

それを唖然《あぜん》となって見送る池は、佐藤《さとう》が同じ背中を追っていると気付いた。どこか悔《くや》しげに険しく、しかし悪意ではない引き締まった面持《おも》ちで、悠二を見ている。

常は軽く明るい少年が時折《ときおり》見せる真剣な姿を、池は最近、よく見かけていた。以前のように、悩んだからすぐに相談、という簡単で軽率《けいそつ》な行動も取らない。自分で考えている。

そこに、

「どうしたんだ、池？」

田中《たなか》が箒《ほうき》と熊手《くまで》を纏《まと》めて持ってきた。

「ん？　ああ、いや」

言葉を濁《にご》した池と同じ向きへと、軽く視線をやった田中は、不意に表情を翳《かげ》らせた。下ろしかけた箒と熊手を抱えなおし、

「これ、用具《ようぐ》倉庫に返してくるわ」

言って、そそくさと立ち去る。

彼も最近、佐藤と逆の方向に悩んでいる暗さ……全く彼らしくない暗さを見せるようになっていた。普段、皆と接する際にはいつもと同じ明るさで接して、しかし時折、ふと沈んだ様子《ようす》になる。今のように。

そこに緒方《おがた》が、

「待って、田中。私もこれ、持ってくから」

落ち葉掻《か》き用の塵取《ちりとり》を重ねて走ってきた。彼の隣《となり》に立って、しかし話しかけるでもなく、まるで寄り添うように付いてゆく。静かに、ただ一緒に。田中も何も言わない。

池は、緒方が田中の悩みについて思い煩《わずら》い、苦心していることを知っていた。

そんな彼女は、今のように自分にできる形で、必死に田中《たなか》を支えようとしている。正面から我武者羅《がむしゃら》に、戸惑《とまど》い逃げる田中へとぶち当たってばかりいた彼女が。

「変わってたの……僕だけじゃ、なかったのかな」

確認するように、池《いけ》は呟《つぶや》いていた。

「池君――」

かけられた声に向けて、振り返る。

吉田《よしだ》が、校舎のほうから小走りにやってくる。

「そう。じゃ、先生が確認に来るって。私たちが最初だったみたい」

「もうすぐOKが出たら、皆で食堂に寄って、ジュースでも飲もうか」

池は、笑って語りかけた。

吉田も明るく、笑い返す。

「うん」

頷《うなず》いた肩越しに、見えた。

「あ、坂井《さかい》も帰ってきたな。あとは――」

「……」

と、振り向いた彼女の、柔らかく踊る髪間《かみま》に過《よ》ぎった笑顔、

「……」

（――ああ）

その輝きに見惚《みと》れた、と自分でも分かった心の中、

（――そうだ）

池は唐突《とうとつ》に、気付くものがあった。

（僕は、坂井を好きになった吉田さんの、この輝きを好きになったんだ）

ただ漫然《まんぜん》と学校生活を共にして、想いが積み重なったのではない。

この、彼女が最高に光り輝く笑顔と出会って初めて、惹《ひ》かれたのだった。

（なら、『坂井を好きな彼女』が好きだと思うのは悪いことじゃない……当然のことなんだ）

エピローグ

暗夜の黒に、航空障害灯《しょうがいとう》のみを赤く点灯《てんとう》させる、超《ちょう》高層オフィスビルの根元。

人気《ひとけ》のない石葺《いしぶき》の床面を高く打って、ベルペオルは階段の際《きわ》に立った。薄い誘導灯の狭間《はざま》、暗きに落ちる道とも見える階段の底へと、左と額《ひたい》、二つの瞳《ひとみ》を向ける。

「しばらく、と言うには近い再会かねえ――〝壊刃《かいじん》〟サブラク？」

段《だん》の中途《ちゅうと》に、一人の男が背を向けて座っていた。

「かなり捜したよ。どうして皆、この島国に用があるのやら」

その男〝壊刃《かいじん》〟サブラクは振り向かず、ぽつりと闇《やみ》の奥底に、声を放る。

「国に用はない。大言《たいげん》を吐いた馬鹿な女を、待っていたのだ」

隙間《すきま》風のような寒々しい口調《くちょう》で、小さく続ける。

「だから、言ったのだ……おまえ程度の弱者が、どうして世に名だたる魔神《まじん》の契約者に敵し得よう、と。いかに特殊《とくしゅ》な力を持っていたとて、強者《きょうしゃ》には強者たるの強運が付いている、力は力以上《いじょう》に意味を持ってこの世に存在している、と……」

待ち合わせ、最後の日にも現れなかった一人の〝徒《ともがら》〟——弱者ゆえの暴走を重ねていた、哀《あわ》れな蝶《ちょう》のことを偲《しの》ぶ声が、やがて途切《とぎ》れる。

ベルペオルは、彼の習癖《しゅうへき》である長々《ながなが》とした独《ひと》り言《ごと》を聞き流し、早々に本題《ほんだい》へと入る。

「私が新しい依頼を持ちかけるのに、丁度《ちょうど》良いタイミングだったかね?」

「仕事は、選ばせて貰《もら》う。俺は今、機嫌《きげん》が悪い」

サブラクは顔を半分、襟《えり》の奥に沈め、その奥で呟《つぶや》きを続けた。

「そうでなくとも、この半年は、あのイカれた絡繰使《からくりつか》いめに、我が剣『ヒュストリクス』を台《だい》無《な》しにされ、好敵《こうてき》と睨《にら》んで追ったフレイムヘイズにも、呆気《あっけ》ない八《や》つ裂《ざ》きの死に様《ざま》を見せられている。『輝爍《きしゃく》の撒《ま》き手《て》』とまではいかずとも、もう少し歯応《はごた》えがなくてはな……」

今、組織に在る『イカれた絡繰使い』と正反対《せい》の意味での気難《きむずか》しさを持つ、この〝紅世《ぐぜ》の王〟を、しかしベルペオルは笑って焚《た》き付ける。

「とうに勘付《かんづ》いているだろうが、事が事なもんでねえ、少々調べさせてもらったよ。私と行《ゆ》き逢《あ》った際に得た情報を、その待っていた女に与えたそうじゃないか」

ピクリ、とサブラクの口が止まる。

その反応を楽しむように、[仮装舞踏会《バル・マスケ》]の参謀《さんぼう》は言葉を継ぎ、

「責めているのではないよ? 特段《とくだん》、口止《くちど》めした覚えもなし……」

ゆったりとした笑いはそのままに、しかし少しずつ凄《すご》みを加えて、幾星霜積《いくせいそう》み上げてきた計

画を成就《じようじゆ》させるための依頼を、口にする。

「……ただ、面白い、と思ったのさ。私の新しい依頼とは他でもない、その『炎髪灼眼《えんぱつしやくがん》の討《う》ち手《て》』と『零時迷子《れいじまいご》』の〝ミステス〟に関してのものだったのでね」

「よかろう、受けた」

サブラクは短く明快に返答し、やはりその後に長々と呟く。

「もっとも、これはあいつの弔《とむら》い合戦、などという気取った話ではない。全くないというわけではないが、むしろこれは、その情報をあいつに与えて死なせてしまった、俺なりのけじめとでも言うべきものだ。そのけじめの内に、あいつへの弔いもまた成ろう……」

ベルペオルは、その呟きが一段落するのを待って、条件の交渉に入る。

「なにか、こちらで準備できるものはあるかね。知ってのとおり、今度の標的《ひようてき》は定住者だ。以前のように、外界宿《アウトロー》一つ、というわけには行かないが」

「……」

サブラクは口を止めてしばらく考え、立ち上がった。いつしか抜かれていた長剣《ちようけん》を、マントの内から脇に突き出す。

「あれを、使わせてもらおう」

その剣尖《けんせん》の指す意味、このビルの敷地外に在るもの、彼の意図……全てを察して、しかしもちろん、鬼謀《きぼう》の〝王〟は寸毫《すんごう》の躊躇《ちゆうちよ》なく、こう答える。

「ああ、いいともさ」

日々の陰から、異変《いへん》は這《は》い出す。
見えて逃れ得ぬ、在って避け得ぬ、異変が。
世界は、鼓動《こどう》を、一つ、一つ、確実に刻む。

あとがき

はじめての方、はじめまして。

久しぶりの方、お久しぶりです。

高橋弥七郎《たかはしやしちろう》です。

また皆様のお目にかかることができました。ありがたいことです。


さて本作は、痛快娯楽《つうかいごらく》アクション小説です。今回は、現れた怪物《かいぶつ》の始末《しまつ》、および一同の変転《へんてん》が描かれます。次回は、長い間、名前だけしか出てこなかった、あの殺し屋が登場です。テーマは、描写的には「齎《もたら》されたもの」、内容的には「いつか」です。新旧のキャラクターたちが入り乱れ、変化が結果へと、あるいは静かに、あるいは激しく、動き始めます。

担当の三木《みき》さんは、止まることを知らない人です。どこまで突き進むのか、本気で心配になります。今回も、あの件の言及《げんきゅう》をどこまでさせるか、手裏剣《しゅりけん》乱れ交う忍法《にんぽう》合戦で決《けつ》(以下略)。

挿絵《さしえ》のいとうのいぢさんは、情趣溢《じょうしゅあふ》れる絵を描かれる方です。前巻の、鮮やかな夕焼けと花の溶け合う色合いは、まさに偉観《いかん》でした。新たな挑戦《ちょうせん》に向かわれる忙中《ぼうちゅう》にも変わらず、この度《たび》も拙作《せっさく》への甚大《じんだい》なる御《ご》助力をいただけたことに、深く深く感謝いたします。

県名五十音順《けんめい》に、青森《あおもり》のK田さん、M雨季さん、茨城《いばらき》のK木さん、愛媛《えひめ》のA木さん、大阪《おおさか》のT本さん、岡山《おかやま》のMさん、香川《かがわ》のH（S？）さん、神奈川《かながわ》のH田さん、K本さん、京都《きょうと》のY関さん（格好《かっこう》いいです）、埼玉《さいたま》のM田さん、佐賀《さが》のHさん、滋賀《しが》のO槻さん、静岡《しずおか》のM松さん、千葉《ちば》のM原さん、N井さん、東京のT垣さん、Y倉さん、栃木《とちぎ》のE老根さん（失礼《しつれい》致しました。本当に申し訳ありません）、兵庫《ひょうご》のK山さん、M下さん、福岡《ふくおか》のI永さん、福島《ふくしま》のF間さん、北海道《ほっかいどう》のY田さん（お見事です）、宮城《みやぎ》のI深さん、山梨《やまなし》のK藤さん、いつも送ってくださる方、初めて送ってくださった方、いずれも大変励《はげ》みにさせていただいております。どうもありがとうございます。アルファベット一文字は苗字《みょうじ》一文字の方で、県が同じ場合はアルファベット順になっています。

次の本は、出版スケジュール等、諸般《しょはん》の事情から少々間が開いてしまうことになりますが、文庫ではない各所で、チラホラとお目にかかれそうです。興味のある方はそちらもどうぞ。

それでは、今回はこのあたりで。
この本を手に取ってくれた読者の皆様に、無上《むじょう》の感謝を、変わらず。
また皆様のお目にかかれる日がありますように。

二〇〇六年六月　　高橋弥七郎

** いとうのいち HP ベンジャミン **
http://www.fujitsubo-machine.jp/benja~

こんにちは、いとうのいぢです。前回はお休みしていました
このコーナーですが、今回また復活です。
今回は挿絵にちょっとサービスっぽいカットがあったのですが
ここでは同じ裸でも、シャナの流麗な、美しい姿を思いなが
ら描いてみました。スレンダーでもグラマーでも、人の体の
ラインは本当に美しいと思うのです。そういう、流れるよう
な曲線を描くのが好きなのです。
今後も華麗に舞うシャナさんをかっこ良く、美しく描けるよに
精進します。

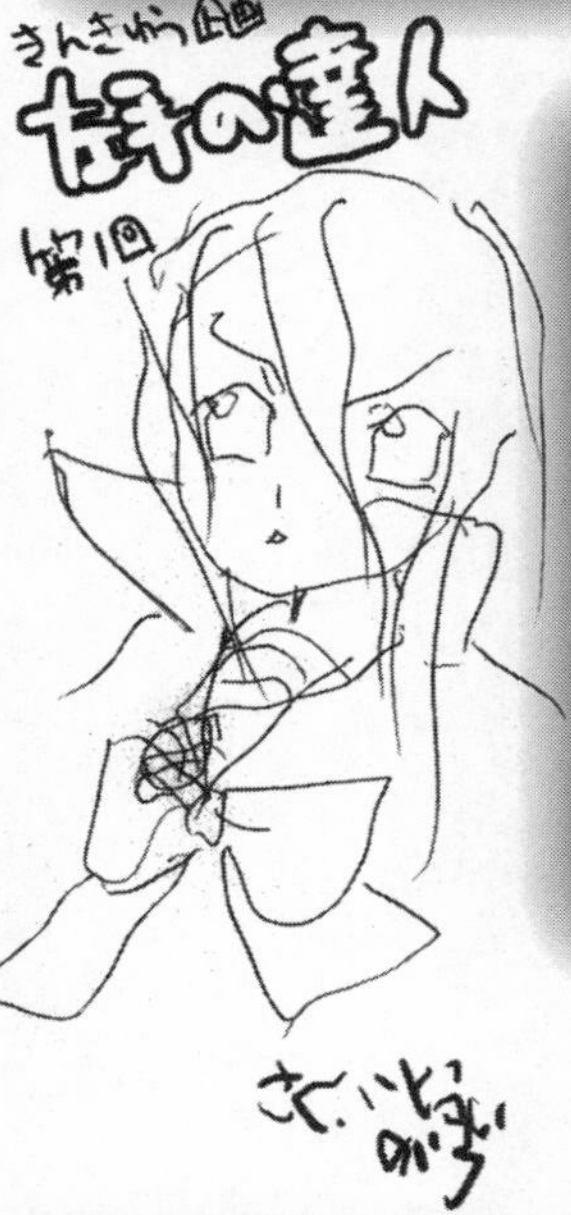

えーっと、んで、話が変わりますが左の
シャナっぽい人は何かと申しますと、何と
なく思いつきで、左手で描いてみました。
普段描きなれてるはずなのになんで？
と思いながら、いや、そういう問題では
ないのですね。。
思ってた以上に上手く描けないもんなの
ですね。
次回、「左手の達人」のコーナーは、
(許可なく)原作の高橋さん＆担当ミキティ
＆コミックス作者の綾たんでお送りします。
＊予定は変更になる場合があります。

◉高橋弥七郎著作リスト

「A／Bエクストリーム CASE-314［エンペラー］」（電撃文庫）
「A／Bエクストリーム ニコラウスの仮面」（同）
「アプラクサスの夢」（同）
「灼眼のシャナ」（同）
「灼眼のシャナ II」（同）
「灼眼のシャナ III」（同）
「灼眼のシャナ IV」（同）
「灼眼のシャナ V」（同）
「灼眼のシャナ VI」（同）
「灼眼のシャナ VII」（同）
「灼眼のシャナ VIII」（同）
「灼眼のシャナ IX」（同）
「灼眼のシャナ X」（同）
「灼眼のシャナ 0」（同）
「灼眼のシャナ XI」（同）
「灼眼のシャナ XII」（同）
「灼眼のシャナ S」（同）

本書に対するご意見、ご感想をお寄せください。

■

あて先

〒102-8177 東京都千代田区富士見 2-13-3
電撃文庫編集部
「高橋弥七郎先生」係
「いとうのいぢ先生」係

■

電撃文庫

灼眼《しゃくがん》のシャナXIII

高橋弥七郎《たかはしやしちろう》

2006年９月25日　初版発行
2023年10月25日　18版発行

発行者　山下直久
発行　株式会社KADOKAWA
〒102-8177　東京都千代田区富士見2-13-3
0570-002-301（ナビダイヤル）
装丁者　荻窪裕司（META＋MANIERA）
印刷　株式会社暁印刷
製本　株式会社暁印刷

●お問い合わせ
https://www.kadokawa.co.jp/（「お問い合わせ」へお進みください）
※内容によっては、お答えできない場合があります。
※サポートは日本国内のみとさせていただきます。
※ Japanese text only

※定価はカバーに表示してあります。

ISBN978-4-04-868769-0　C0193　Printed in Japan

電撃文庫　https://dengekibunko.jp/

電撃文庫創刊に際して

文庫は、我が国にとどまらず、世界の書籍の流れのなかで〝小さな巨人〟としての地位を築いてきた。古今東西の名著を、廉価で手に入りやすい形で提供してきたからこそ、人は文庫を自分の師として、また青春の想い出として、語りついできたのである。

その源を、文化的にはドイツのレクラム文庫に求めるにせよ、規模の上でイギリスのペンギンブックスに求めるにせよ、いま文庫は知識人の層の多様化に従って、ますますその意義を大きくしていると言ってよい。

文庫出版の意味するものは、激動の現代のみならず将来にわたって、大きくなることはあっても、小さくなることはないだろう。

「電撃文庫」は、そのように多様化した対象に応え、歴史に耐えうる作品を収録するのはもちろん、新しい世紀を迎えるにあたって、既成の枠をこえる新鮮で強烈なアイ・オープナーたりたい。

その特異さ故に、この存在は、かつて文庫がはじめて出版世界に登場したときと、同じ戸惑いを読書人に与えるかもしれない。

しかし、〈Changing Times,Changing Publishing〉時代は変わって、出版も変わる。時を重ねるなかで、精神の糧として、心の一隅を占めるものとして、次なる文化の担い手の若者たちに確かな評価を得られると信じて、ここに「電撃文庫」を出版する。

1993年6月10日
角川歴彦

電撃文庫

灼眼のシャナXI
高橋弥七郎
イラスト／いとうのいぢ

坂井悠二の許に〝日常〟が帰ってきた。御崎高校には学園祭の季節が訪れ、シャナもそれを楽しもうとするが、吉田一美と仲良くする悠二を見て、気持ちが不安定に……。

た-14-15　1166

灼眼のシャナXII
高橋弥七郎
イラスト／いとうのいぢ

日常の中の非日常、御崎高校主催の学園祭「清秋祭」を楽しむ悠二たち。そこに、何処からか風が流れてきた。〝紅世の徒〟の自在法を纏った、妖しい風だった……。

た-14-16　1217

灼眼のシャナXIII
高橋弥七郎
イラスト／いとうのいぢ

『零時迷子』を巡り、〝彩飄《さいひょう》〟フィレスの襲撃を受けた悠二。〝銀〟の出現も相俟って、事態はさらなる変化を起こす。それは、あの〝徒〟顕現の予兆……！

た-14-18　1313

灼眼のシャナ0
高橋弥七郎
イラスト／いとうのいぢ

その少女に名前はなかった。ただ「贄殿遮那《にえとののしゃな》のフレイムヘイズ」と呼ばれていた。いまはまだ、その隣にあの〝ミステス〟はいなかった――。外伝「オーバーチュア」他、二編収録。

た-14-13　1101

灼眼のシャナS
高橋弥七郎
イラスト／いとうのいぢ

『弔詞の詠み手』マージョリー・ドー。「戦闘狂」と畏怖される彼女の過去が、今紐解かれる。吉田一美の清楚可憐な姿を描いた『灼眼のシャナセレモニー』も収録！

た-14-17　1269

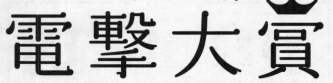